TUONS ET CRÉONS,
C'EST L'HEURE

L'action se passe dans les années soixante-dix. Matt Scudder vient de quitter la police. Il boit pour oublier la fillette qu'il a tuée accidentellement au cours d'une arrestation mouvementée. Son mariage a capoté ; ses enfants s'éloignent de lui. Détective privé sans licence, il accepte des petits boulots, et vit seul.

Un jour, le deuxième vendredi du mois d'avril, il ne reçoit pas l'appel téléphonique que Jacob Jablon, *alias* « la Toupie », lui passait habituellement. Scuder n'a pas oublié la promesse qu'il avait faite à son ami, indicateur occasionnel, petit escroc qui n'a, cependant, jamais commis de meurtre. Il n'a pas oublié non plus les dernières paroles que celui-ci a prononcées devant lui. Il comprend alors que la Toupie est mort.

Quelques semaines auparavant, Jacob Jablon avait laissé au détective une enveloppe, à n'ouvrir qu'en cas d'accident. L'accident est arrivé : dans le journal, Scudder apprend quelques jours plus tard que son ami a été repêché, le crâne défoncé, dans l'East River.

Il se décide alors à ouvrir l'enveloppe.

Celle-ci contient des documents mettant en cause trois personnes haut placées, que la Toupie faisait chanter. Henry Prager, architecte fortuné, dont la fille, Stacy, a écrasé un enfant il y a quelques années de cela ; acheter un juge, fût-ce pour protéger sa fille, est un délit qui peut vous mener loin…

Beverly Ethridge, une jeune dame de la haute société, qui s'est jadis livrée à la prostitution et a tourné dans plusieurs films pornographiques.

Ted Huysendahl, un milliardaire qui voudrait bien devenir le prochain gouverneur de l'État de New York, mais qui – comme l'attestent quelques photos – aime beaucoup les jeunes garçons.

Tous trois, bien sûr, sont susceptibles d'avoir exécuté la Toupie, ou d'avoir payé un assassin pour ce faire.

Et tous trois peuvent, à présent, chercher à faire disparaître Scudder.

Phrases courtes, descriptions déchirantes du New York des paumés et des pauvres, lancinantes déambulations à travers la Grosse Pomme. Dans ce roman, écrit en 1976, Lawrence Block s'affirmait déjà comme l'un des grands maîtres du roman policier contemporain.

Lawrence Block est né à Buffalo (New York) le 24 juin 1930. Auteur de Beau doublé pour Tanner, Le Blues des alcoolos, Huit millions de façons de mourir, Un ticket pour la morgue, Une danse aux abattoirs, *lauréat de l'Edgar, du Shamus, du Nero Wolf et du Faucon de Malte, les plus hautes distinctions du genre, il compte parmi les géants du policier américain.*

Lawrence Block

TUONS ET CRÉONS, C'EST L'HEURE

ROMAN

Traduit de l'américain par
André Roche

Éditions du Seuil

TEXTE INTÉGRAL

TITRE ORIGINAL
Time to Murder and Create

ÉDITEUR ORIGINAL
Robert Hale, Londres

ISBN original : 0-7091-7316-4
© original : Lawrence Block, 1976

ISBN 2-02-032681-7
(ISBN 2-02-05876-5, 1re publication)

© Octobre 1997, pour la traduction française, Éditions du Seuil

Ainsi un seul homme fut-il seulement créé, pour t'enseigner que quiconque détruit une seule âme des enfants de l'homme, les Ecritures l'accusent comme s'il avait détruit le monde entier.

Le Talmud

1

Il m'avait téléphoné sept vendredis de suite. Je n'étais pas toujours là pour répondre. Cela n'avait pas d'importance, car lui et moi n'avions rien de particulier à nous dire. Si je m'étais absenté, je trouvais en rentrant à l'hôtel un message dans mon casier. J'y jetais un coup d'œil, puis je le mettais à la poubelle et m'empressais de l'oublier.

Puis, le deuxième vendredi d'avril, il n'y eut pas d'appel. Je passai la soirée à l'Armstrong's, le bar du coin, à descendre des bourbons et des cafés en regardant deux internes qui essayaient désespérément de draguer deux infirmières. La plupart des clients s'en allèrent assez tôt pour un vendredi ; vers deux heures, Trina partit se coucher et Billie mit le verrou pour que la faune de la Neuvième Avenue reste à la porte. Nous prîmes encore quelques verres en parlant des Knicks, et de leur avenir qui était entre les mains de Willis Reed. A trois heures moins le quart, je pris mon manteau et rentrai à l'hôtel.

Pas de message.

Cela ne voulait rien dire. Nous étions convenus qu'il m'appellerait tous les vendredis pour que je sache s'il était toujours vivant. S'il me trouvait chez moi, on se dirait simplement bonjour. Sinon, il demanderait à la réception de me prévenir que mon linge était prêt.

Cela dit, il se pouvait qu'il ait oublié ou qu'il soit saoul, ou Dieu sait quoi encore.

Je me déshabillai et me glissai dans mon lit, face à la fenêtre. A quelques rues de là, il y a un immeuble de bureaux dont les néons restent allumés la nuit. On peut se faire une assez bonne idée du degré de pollution en observant les lumières, qui ont toujours l'air de vaciller.

Non seulement elles s'agitaient frénétiquement ce soir-là, mais en plus elles étaient auréolées de jaune.

Je fermai les yeux en me retournant dans mon lit, et réfléchis au coup de fil que j'aurais dû recevoir. Je décidai qu'il n'avait pas oublié et qu'il n'était pas bourré.

La Toupie devait être mort.

On l'appelait « la Toupie » à cause de cette manie qu'il avait : il gardait toujours sur lui une vieille pièce d'un dollar en argent comme porte-bonheur, la sortait à tout moment de sa poche de pantalon, puis la calait verticalement sur la table avec l'index gauche avant de la faire tourner avec le majeur de la main droite, d'une chiquenaude. Même quand il était en train de vous parler, ses yeux restaient fixés sur la pièce qui tournoyait, et il avait l'air de s'adresser autant à vous qu'à son dollar fétiche.

La dernière fois que j'avais assisté à sa petite démonstration, c'était un après-midi au début du mois de février. Il était venu me trouver à ma table habituelle, à l'Armstrong's. Il était habillé à la dernière mode de Broadway : un costume gris perle, une chemise gris foncé brodée à ses initiales et une cravate en soie de la même couleur retenue par une épingle ornée d'une perle. Il portait des chaussures à semelles compensées qui font gagner trois ou quatre centimètres et, avec ça, arrivait à mesurer près d'un mètre soixante-huit. Plié sur son bras, un manteau bleu marine qui ressemblait à du cachemire.

– Matthew Scudder ! s'exclama-t-il. Tu n'as pas changé. Ça remonte à quand ?

– A quelques années.

– Beaucoup trop, bon sang !

Il posa son manteau sur une chaise vide, un mince attaché-case par-dessus, et y ajouta un chapeau gris à bords étroits. Il s'assit en face de moi et finit par extraire son porte-bonheur de sa poche. Puis il dit à la pièce :

– Beaucoup trop, Matt.

– Tu as bonne mine, la Toupie.

– J'ai plutôt eu de la chance.

– Ça ne fait de mal à personne.

– Tant que ça dure…

Trina s'approcha de notre table, et je commandai un autre café avec un doigt de bourbon. La Toupie se tourna vers elle et fronça les sourcils, son petit visage étroit prenant un air perplexe.

– Je sais pas, moi… commença-t-il. Vous croyez que je pourrais avoir un verre de lait ?

Elle répondit que cela ne posait pas de problème et s'en alla le chercher.

– Je n'ai plus le droit de boire, reprit-il. Saloperie d'ulcère.

– Ça va de pair avec la réussite, à ce qu'on dit…

– Et moi je peux te dire que ça fait surtout chier. Le toubib m'a donné une liste de ce que j'ai pas le droit de manger, et tout ce que j'aime est dessus. J'ai décroché la timbale : je vais dans les meilleurs restaurants et j'ai seulement le droit de commander du fromage blanc !

11

Il reprit sa pièce et la fit tournoyer.

J'avais fait sa connaissance du temps où j'étais dans la police. On avait dû l'arrêter peut-être une douzaine de fois, toujours pour des bricoles, mais il n'avait jamais fait de prison. Il s'était toujours débrouillé pour acheter sa libération, contre de l'argent ou des renseignements. Il m'avait aidé à coincer un receleur et, une autre fois, nous avait donné un coup de main dans une affaire d'homicide. Le reste du temps, il nous refilait des tuyaux, troquant ce qui lui était parvenu aux oreilles contre un billet de dix ou vingt dollars. Petit et sachant passer inaperçu, il avait si fort l'art et la manière que beaucoup de gens étaient assez stupides pour parler en sa présence.

— Matt, je ne suis pas entré ici par hasard, reprit-il.

— C'est bien ce qu'il me semblait.

— En fait…

Le dollar commença à vaciller, il le saisit vivement. Il était très agile de ses doigts. On ne pouvait s'empêcher de penser que c'était un ancien pickpocket, mais je ne crois pas qu'il se soit jamais fait pincer pour ça.

— En fait, reprit-il, j'ai des problèmes.

— Ça va avec les ulcères.

— Merde, ça tu peux le dire ! (Chiquenaude.) Non, si je suis venu, c'est que j'ai quelque chose à te confier.

— Ah.

Il but une gorgée de lait, puis il reposa son verre, se pencha vers son attaché-case et le tapota du doigt.

— J'ai une enveloppe là-dedans, et ce que je voudrais, c'est que tu me la gardes bien au chaud. Tu n'as qu'à la mettre dans un endroit sûr où personne ne risque de tomber dessus, tu vois ce que je veux dire ?

— Et il y a quoi, dans cette enveloppe ?

Il secoua la tête, l'air un peu contrarié.

— Le truc, c'est que tu n'es pas censé le savoir…

– Et je la garde combien de temps ?

La pièce se remit à tournoyer.

– C'est tout le problème, tu comprends ! Il pourrait m'arriver toutes sortes de choses. Par exemple de sortir de chez moi, de descendre du trottoir et de me faire renverser par un bus dans la Neuvième Avenue. Tu vois ? On ne sait jamais ce qui peut arriver…

– Quelqu'un te cherche ?

Ses yeux rencontrèrent les miens, mais il détourna rapidement le regard.

– Ça se pourrait.

– Tu sais qui c'est ?

– Qui ? Je ne sais même pas si on m'en veut ! Alors…

La pièce vacilla, il l'attrapa, chiquenaude.

– Et l'enveloppe est ton assurance-vie ?

– En gros.

Je bus une gorgée de café.

– Je ne sais pas si tu frappes à la bonne porte, la Toupie. Généralement, dans ce genre d'histoire, on apporte l'enveloppe à un avocat et on lui donne des instructions. Après, il n'a plus qu'à l'enfermer dans un coffre et c'est réglé.

– J'y ai pensé.

– Et… ?

– Inutile. Les avocats que je connais, tu peux être sûr qu'ils ouvriraient l'enveloppe dès que je serais sorti de leur bureau. Et si je trouvais un type honnête, je suis sûr que rien que de me regarder, il voudrait aller se laver les mains…

– Tu pousses un peu, non ?

– Y a autre chose. Si je me faisais renverser par un bus, l'avocat serait obligé de te remettre l'enveloppe. Alors, tu vois, en faisant comme ça, on évite un intermédiaire.

– Pourquoi faudrait-il que j'hérite de l'enveloppe ?

– Tu verras bien quand tu l'ouvriras. Si jamais tu l'ouvres.

– Tout ça m'a l'air tortueux, tu ne trouves pas ?

– Tout est bien compliqué depuis quelque temps, Matt. Avec mon ulcère et mes emmerdes…

– Et les plus belles fringues que je t'aie jamais vu porter….

– Ouais, ils n'auront qu'à m'enterrer avec… (Chiquenaude.) Ecoute, ce n'est pas difficile : tu prends l'enveloppe et tu l'enfermes dans un coffre ou autre, là où tu veux. C'est à toi de voir.

– Et si c'est moi qui me fais renverser par un bus ?

Il réfléchit et nous trouvâmes une solution. Je la cacherais sous le tapis dans ma chambre d'hôtel. Si je mourais subitement, la Toupie viendrait récupérer son bien. Il n'aurait pas besoin de clé. Autrefois, il se débrouillait très bien sans.

Nous réglâmes les détails, coup de fil hebdomadaire et message innocent en cas d'absence. Je commandai un autre verre, la Toupie avait encore largement de quoi boire. Puis je lui demandai pourquoi il m'avait choisi.

– Eh ben, parce que tu as toujours été correct avec moi, Matt. Ça fait combien de temps que tu n'es plus dans la police ? Deux ou trois ans, non ?

– A peu près.

– Ah, c'est vrai, tu as laissé tomber. Je ne me souviens plus exactement… T'as descendu une gamine, c'est ça ?

– Oui. J'étais de service, il y a une balle qui s'est perdue.

– Tes chefs t'ont fait des emmerdes ?

Je regardai le fond de ma tasse et me souvins de cette nuit d'été. Il faisait tellement chaud que l'air en vibrait presque ; au Spectacle, un bar de Washington

Heights, la climatisation marchait à pleins tubes. C'était le genre d'endroit où un flic peut boire à l'œil. Je n'étais pas de service, sauf qu'on l'est toujours, d'une façon ou d'une autre ; la preuve, deux gamins avaient choisi cette nuit-là pour braquer le bar. Ils flinguèrent le garçon en sortant. Je les poursuivis dans la rue, en descendis un et démolis la cuisse de l'autre.

Mais une de mes balles manqua sa cible, ricocha dans l'œil d'une fillette de sept ans, Estrellita Rivera, et finit sa course dans son cerveau.

— Désolé, dit la Toupie, j'ai pas fait gaffe, j'aurais pas dû parler de ça…

— Non, ce n'est pas grave. Je n'ai pas eu d'emmerdes. En fait, j'ai même eu droit à des éloges et j'ai été complètement blanchi.

— Et t'as quitté la police.

— Mon boulot ne me plaisait plus des masses.

Idem pour d'autres choses. Ma maison à Long Island. Ma femme. Mes fils.

— Ça arrive, dit-il.

— Faut croire.

— Alors maintenant tu es devenu un privé, c'est ça ? Je haussai les épaules.

— Je n'ai pas de licence. Disons que parfois je rends service aux gens et qu'ils me payent.

— Bon, pour en revenir à notre petite affaire… (Chiquenaude.) On pourrait dire que tu me rends service, non ?

— Si tu veux.

Il arrêta la pièce au milieu de sa course, l'observa et la coucha sur le damier bleu et blanc de la nappe.

— T'as pas envie de te faire descendre, hein ? lui dis-je.

— Ah, merde !

— Tu peux pas t'en sortir ?

– Peut-être que oui, peut-être que non. Mais parlons d'autre chose, d'accord ?

– Comme tu veux.

– Parce que si quelqu'un décide de t'effacer, qu'est-ce que tu peux y faire ? Que dalle.

– Tu as sans doute raison…

– Alors, Matt, tu veux bien t'en occuper ?

– Entendu, je me charge de ton enveloppe. Mais comme je ne sais pas ce qu'il y a dedans, je ne peux pas prévoir ce que je ferai si jamais je dois l'ouvrir.

– Tu le sauras… si jamais ça arrive.

– Je ne te garantis rien.

Il m'observa longuement et lut quelque chose sur mon visage, quelque chose dont j'ignorais tout.

– Tu le feras, dit-il.

– Peut-être.

– Tu le feras, ne t'inquiète pas. Et si tu ne le fais pas, je ne serai pas là pour le voir, alors, qu'est-ce qu'on en a à foutre ? Dis-moi de quoi tu as besoin.

– Je ne peux pas te le dire puisque je ne sais pas ce que j'aurai à faire !

– Mais non, pas pour ça ! Pour garder l'enveloppe ! Tu veux combien ?

Je ne sais jamais fixer mes tarifs. Je réfléchis un moment.

– Il est drôlement beau, ton costume, dis-je.

– Hein ? Merci…

– Tu l'as acheté où ?

– Chez Phil Kronfeld. Tu sais, dans Broadway ?

– Oui, je vois où c'est.

– Il te plaît vraiment ?

– Il te va bien. Et la soustraction s'est montée… ?

– Trois cent vingt dollars.

– Bon, ce sera ça, mon tarif.

– Quoi ? Tu veux mon costume ?

– Non, je veux trois cent vingt dollars.

– Ah, oui ! (Il se frappa le front en rigolant.) Tu m'as bien fait marcher. Je n'arrivais pas à piger pourquoi tu me parlais de mon costard !

– De toute façon, je ne crois pas qu'il m'irait.

– Moi non plus. Trois cent vingt dollars ? Bah, pourquoi pas, après tout ? (Il sortit un épais portefeuille en croco et en tira six billets de cinquante et un de vingt.) Voilà. Si ça devait se prolonger et que tu en veuilles d'autres, ajouta-t-il en me les donnant, tu n'auras qu'à me le dire. Ça marche ?

– Ça marche. Et si j'ai besoin de te joindre ?

– Pas question.

– Bon.

– D'abord, ce ne sera pas nécessaire. Et même si je voulais te filer une adresse, j'en ai pas, alors…

– D'accord.

Il ouvrit l'attaché-case et me remit une grande enveloppe en papier kraft, scellée aux deux extrémités par du ruban adhésif renforcé. Je le lui pris, la posai sur le banc, à côté de moi. Il donna encore une chiquenaude à sa pièce, la ramassa pour la remettre dans sa poche et fit signe à Trina de lui apporter l'addition. Je le laissai payer. Il régla la note et laissa deux dollars de pourboire.

– Qu'est-ce qui te fait rire, Matt ?

– Je ne t'ai jamais vu régler une addition, c'est tout. Et je t'ai déjà vu ramasser des pourboires laissés par d'autres…

– Tu vois, tout change.

– Sans doute.

– Je n'ai pas fait ça souvent, d'empocher des pourboires. Mais c'est dingue ce qu'on finit par faire quand on a faim.

– Je sais.

Il se leva, hésita un instant et me tendit la main. Je la lui serrai. A l'instant où il allait sortir, je le rappelai :

– Hé, la Toupie !

– Quoi ?

– Tu m'as bien dit que les avocats que tu connaissais ouvriraient l'enveloppe dès que tu serais sorti de leur cabinet ?

– Ça, tu peux en être sûr !

– Qu'est-ce qui te fait croire que je n'en ferai pas autant ?

Il me regarda comme si j'avais posé une question vraiment idiote.

– T'es honnête, toi.

– Arrête, tu veux ! Tu sais bien que j'ai palpé du fric en douce. Ça t'a même permis d'éviter la taule une fois ou deux, non ?

– Ouais, mais tu as toujours été régulier avec moi. Il y a honnête et honnête. Tu n'ouvriras pas cette enveloppe avant que ce soit le moment.

Je savais qu'il avait raison. Je me demandais seulement comment il l'avait découvert.

– Porte-toi bien.

– Ouais, toi aussi, répondit-il.

– Fais attention en traversant.

– Hein ?

– Méfie-toi des bus.

Il rit un peu, mais je ne crois pas qu'il ait trouvé ça drôle.

Un peu plus tard ce jour-là, je rentrai dans une église et enfournai trente-deux dollars dans le tronc des pauvres. Puis je m'assis sur un banc, pensai à la Toupie et me dis que c'était vraiment de l'argent facile, gagné à ne rien faire.

De retour dans ma chambre d'hôtel, je roulai le tapis et cachai l'enveloppe dessous, pile sous mon lit. La femme de ménage vient bien passer l'aspirateur de temps en temps, mais ne déplace jamais les meubles. Je remis le tapis à sa place et m'empressai d'oublier l'enveloppe. Je savais que dorénavant, chaque vendredi, un coup de fil ou un message m'assurerait que la Toupie était toujours vivant et que l'enveloppe pouvait rester où elle était.

2

Jusqu'au lundi suivant, j'achetai le journal deux fois par jour et attendis que le téléphone sonne. Le lundi soir je rentrai chez moi avec la première édition du *Times*. A la rubrique « Brèves locales », sous le titre « Dans les petits papiers de la police », il est toujours question de meurtres ; ce jour-là, le dernier de la liste était celui qui m'intéressait. Un homme non identifié, blanc, mesurant près d'un mètre soixante-cinq, pesant à peu près soixante-trois kilos, âgé d'environ quarante-cinq ans, avait été repêché dans l'East River, le crâne défoncé.

Ça semblait coller. J'avais surestimé son âge et sous-estimé son poids, mais sinon cela correspondait. Je ne pouvais pas être absolument certain que ce soit la Toupie. Je n'étais même pas sûr que le bonhomme ait été assassiné. Il pouvait très bien avoir eu la tête abîmée après avoir plongé. Et rien n'indiquait combien de temps il avait passé dans l'eau. Si cela faisait plus d'une dizaine de jours, ça ne pouvait pas être la Toupie, puisqu'il m'avait appelé le vendredi précédent.

Je regardai ma montre. Il n'était pas trop tard pour téléphoner, mais ce n'était plus l'heure de passer un coup de fil qui se voulait anodin. Et il était encore trop tôt pour ouvrir l'enveloppe. Je ne voulais pas le faire avant d'être absolument certain qu'il était mort.

Le sommeil fut long à venir et je sifflai quelques verres de plus que d'habitude. Le lendemain au réveil, j'avais mal au crâne et un sale goût dans la bouche. Après avoir pris une aspirine et m'être lavé les dents, je descendis prendre mon petit déjeuner au Red Flame. En chemin, j'achetai la dernière édition du *Times*, mais ne trouvai rien de neuf concernant le noyé. Ils s'étaient contentés de reproduire l'article de l'édition précédente.

Au 6e commissariat de West Village, Eddie Koehler est passé lieutenant. Je lui téléphonai de ma chambre et eus la chance de le trouver.

– Salut, Matt, dit-il. Ça fait une paye, non?

Ça ne faisait pas si longtemps que ça. Je lui demandai des nouvelles de sa famille et il me retourna la politesse.

– Ils vont bien, lui répondis-je.

– Tu pourrais toujours retourner vivre avec eux, dit-il.

C'était impossible, pour toutes sortes de raisons que je n'allais pas commencer à lui expliquer. Je n'avais pas non plus envie de me remettre à porter un insigne, mais ça ne l'empêcha pas de me poser la question:

– J'imagine que tu n'as pas l'intention de rejoindre l'espèce humaine. Je me trompe?

– Ce n'est pas demain la veille, Eddie.

– Tu préfères vivre dans une poubelle et ramer pour gagner du fric, c'est ça? Ecoute, si tu veux crever à force de picoler, c'est ton problème.

– Tout à fait.

– Mais à quoi ça sert de payer quand tu pourrais boire gratis? Tu es fait pour être flic, Matt.

– La raison pour laquelle j'appelais…

– Et en plus tu as besoin d'une raison!

21

J'attendis quelques instants, puis :

– En lisant le journal, je suis tombé sur un truc qui m'intéresse et j'ai pensé que tu pourrais peut-être me faire économiser un voyage jusqu'à la morgue. On a repêché un noyé dans l'East River hier. Un type plutôt petit, la quarantaine.

– Et alors ?

– Tu pourrais te renseigner pour savoir si on a fini par l'identifier ?

– Possible. En quoi est-ce que ça te concerne ?

– Je suis à la recherche d'un mari en cavale qui correspond assez bien à son signalement. Bien sûr, je pourrais aller voir, mais je ne connais mon bonhomme que par des photos et quand ils ont passé un bout de temps dans l'eau…

– Ouais, évidemment… Dis-moi le nom du type et je te trouverai ça.

– Et si on faisait le contraire ? Tout cela doit rester confidentiel et je ne veux pas divulguer son nom, à moins d'y être obligé.

– Bon, je pourrais passer quelques coups de fil…

– Si c'est lui, tu pourras te choisir un chapeau tout neuf.

– Rien que ça ! Et sinon ?

– Je t'offrirai ma gratitude.

– Va te faire foutre ! beugla-t-il. J'aimerais bien que ce soit lui, j'ai besoin d'un nouveau chapeau. Dis donc, c'est marrant, ça.

– Quoi ?

– Tu cherches un type et moi, j'espère qu'il est mort. Quand on y pense, ça fait rire.

Il me rappela trois quarts d'heure plus tard, pour me dire :

– Dommage, j'aurais bien voulu un nouveau cha-peau.

– Ils n'ont pas retrouvé qui c'était ?

– Oh si, ils ont trouvé, grâce aux empreintes. Mais personne ne t'engagerait pour retrouver un mec pareil. C'est un sacré zigoto : son casier fait au moins un mètre de long. Même que tu as dû le rencontrer une ou deux fois.

– Son nom ?

– Jacob Jablon. Il a joué au cave, puis à l'indic ; des petites conneries, quoi.

– Ça me dit quelque chose.

– On le surnommait « la Toupie ».

– Ah oui, en effet, mais ça fait des années que je ne l'ai pas croisé. Il avait la manie de faire tourner un dollar en argent.

– S'il a envie de remettre ça, ça se passera dans son cercueil.

Je soupirai :

– Ce n'est pas mon bonhomme.

– Je m'en doutais. D'ailleurs, ça m'étonnerait qu'il ait été marié et, même si c'était le cas, je ne pense pas que sa femme aurait insisté pour qu'on le retrouve.

– Ce n'est pas sa femme qui court après mon gars.

– Ah non ?

– C'est sa copine.

– Merde, alors !

– A mon avis, il est déjà loin d'ici, mais comme ça, je fais mon beurre. De toute façon, quand un type a envie de disparaître, il n'y a pas grand-chose à faire.

– C'est vrai que généralement ça ne sert à rien, mais si elle insiste pour te filer du fric…

– C'est mon impression. Il a passé combien de temps dans l'eau ? Ils le savent ?

– Quatre ou cinq jours, je crois. Qu'est-ce que ça peut te faire ?

– Pour pouvoir le reconnaître aux empreintes, je pensais qu'il fallait que la mort soit récente.

– Oh, elles restent lisibles une bonne semaine. Parfois plus, ça dépend des poissons. Imagine un peu, relever les empreintes d'un noyé... Moi, il me faudrait un bout de temps avant de retrouver l'appétit. Et l'autopsie, dis donc !

– Ça ne doit pas être sorcier. Quelqu'un a dû lui cogner sur le crâne.

– Vu le mec, aucun doute là-dessus. Il n'était pas du genre à aller faire trempette et se tamponner par erreur contre une pile de pont. Quand même... je te parie que ça ne sera pas classé dans les « décès par homicide ».

– Et pourquoi ?

– Parce qu'ils n'ont aucune envie que le dossier traîne pendant des siècles. Qui voudrait se faire chier à enquêter sur ce qui est arrivé à ce fumier ? Il est crevé, on va pas pleurer sur lui.

– On ne s'entendait pas si mal, lui et moi.

– C'était un petit escroc minable. Celui qui l'a liquidé a rendu service à la planète.

– Tu as sans doute raison.

Je sortis l'enveloppe de dessous le tapis. L'adhésif était coriace ; je pris mon canif sur le bureau et coupai le long du pli. Puis, l'enveloppe à la main, je restai assis sur le bord du lit pendant quelques minutes.

Au fond, je ne tenais pas à savoir ce qu'elle renfermait.

J'attendis encore un moment avant de l'ouvrir, puis je passai les trois heures qui suivirent à examiner son contenu. Ce que j'y trouvai répondait à quelques-unes des questions que je m'étais posées, et en soulevait du même coup beaucoup d'autres. Finalement, je rangeai le tout dans l'enveloppe et la remis à sa place sous le tapis.

Les flics allaient se débarrasser de Jacob Jablon en le faisant lui aussi disparaître sous la moquette, et j'étais tenté d'en faire autant avec ce qu'il m'avait laissé. J'aurais pu m'activer, mais tout ce dont j'avais envie, c'était de ne pas bouger le petit doigt. Jusqu'à ce que je prenne une décision l'enveloppe pouvait bien rester dans sa cachette.

Je m'allongeai sur mon lit pour bouquiner mais, au bout de quelques pages, je m'aperçus que je ne faisais pas attention à ce que je lisais. Et ma petite chambre me parut rétrécir à vue d'œil. Je sortis me promener un moment, puis je fis quelques bars et me payai à boire. Je commençai par le Polly's Cage, en face de l'hôtel, puis j'allai chez Kilcullen, puis au Spiro's et à l'Antarès. En chemin, je m'arrêtai dans un delicatessen, où j'achetai quelques sandwichs. J'allai finir la soirée à l'Armstrong's, et j'y étais encore quand Trina quitta son service. Je l'invitai à boire un verre en ma compagnie.

– D'accord, Matt, mais juste un. Je suis attendue chez des amis.

– Moi aussi, mais je n'ai pas envie d'y aller et encore moins de les voir.

– On dirait que tu es un tout petit peu bourré.

– Ce n'est pas impossible.

J'allai prendre nos verres au comptoir. Un bourbon sec pour moi, une vodka tonic pour elle. Je revins m'asseoir, elle leva son verre :

– Au Crime ?

– Tu es sûre que tu n'auras pas le temps pour un autre verre ?

– Je me mets déjà en retard avec celui-là, et un, ça suffit.

– Bon. Alors, on ne va pas boire à la santé du Crime. Je propose un toast aux amis absents.

3

Je crois bien que j'avais déjà une idée assez précise de ce que contenait l'enveloppe avant de l'ouvrir. Ce n'est pas si difficile d'imaginer ce qu'un type qui a passé sa vie à louvoyer dans le monde les oreilles grandes ouvertes a pu décider de faire pour pouvoir porter des costumes à trois cents dollars. Après avoir consacré son existence à vendre des renseignements, la Toupie était tombé sur quelque chose de bien trop précieux pour être vendu. Au lieu de monnayer ses tuyaux, il avait choisi de vendre son silence. Le maître-chanteur est plus riche que l'indic, parce que sa marchandise est recyclable : elle est louée et relouée à la même personne, *ad vitam aeternam*.

Le seul problème est que son espérance de vie a tendance à diminuer. Du jour où il avait commencé à faire des affaires, la Toupie avait connu des problèmes proportionnels à sa réussite. Au début, il ne s'était agi que d'inquiétudes et d'ulcères, et pour finir, il s'était fait cabosser le crâne, avant le grand plongeon.

Le maître-chanteur a besoin d'une assurance-vie. Il lui faut un moyen convaincant d'empêcher sa victime de mettre fin au chantage en abrégeant la vie du maître-chanteur. Dans les coulisses, avocat, petite amie, il se trouve toujours quelqu'un qui possède les preuves qui coincent. Le maître-chanteur y passe ? La preuve est expédiée aux flics et les ennuis commencent. Et ça, tous les maîtres-chanteurs mettent un point d'honneur à bien le faire comprendre à leurs « clients ». Quelquefois, il n'y a ni allié ni enveloppe, parce qu'il est trop dangereux pour tout le monde de laisser des traces. Alors le maître-chanteur affirme qu'elles existent et se dit que son pigeon ne s'apercevra pas du bluff. Cela ne marche pas toujours.

Jablon la Toupie avait sans doute prévenu, et dès le début, sa victime de l'existence de l'enveloppe magique. Mais, au mois de février, il avait commencé à se sentir mal. Il s'était rendu compte qu'on voulait le tuer, ou qu'en tout cas on n'allait pas tarder à essayer, et avait changé de tactique. La simple existence de l'enveloppe ne le maintiendrait pas en vie si la peur qu'elle était censée provoquer n'était plus aussi forte. Il mourrait quand même, et il le savait.

Pour finir, il avait joué le coup en vrai professionnel. Ce n'est pas parce qu'il avait été fauché presque toute sa vie qu'il n'en était pas un. Et un « pro » ne cède pas à la colère. Il rend la pareille.

Cela dit, il avait quand même eu un problème, qui devint le mien lorsque j'ouvris l'enveloppe et en découvris le contenu. La Toupie avait compris qu'il devrait se venger de quelqu'un.

Mais de qui, il ne l'avait jamais su.

J'examinai d'abord la lettre. Elle était dactylographiée, ce qui me fit penser qu'à un moment ou un autre il avait dû voler plus de machines à écrire qu'il ne pouvait en écouler, et qu'il en avait gardé au moins une. Mais il n'avait pas dû s'en servir souvent. Le document était plein de mots et de phrases raturés, de blancs entre les lettres, et les fautes d'orthographe, à elles seules, suffisaient à en rendre la lecture intéressante. Cela donnait à peu près ceci :

Matt,
Si tu lis ça, c'est que je suis mort. J'espère que l'orage est passé, mais je ne prends plus de paris. Je crois qu'on a essayé de m'avoir hier. Y a une bagnole qui m'a foncé dessus en montant sur le trottoir.

J'ai monté un coup, genre chantage. Je suis tombé sur des trucs qui valent un paquet de fric. Après tout ce que j'ai ramé, j'ai décroché la timbale.

Il y en a trois. Tu verras comment ça fonctionne en ouvrant les autres enveloppes. Y en a trois, voilà le problème, parce que si je suis mort, c'est qu'y en a un qui m'a eu et je sais pas qui. Je les tiens tous les trois, mais je ne sais pas lequel j'étrangle.

D'abord, il y a Prager. Il y a deux ans, en décembre, sa fille a renversé un gamin sur un tricycle et elle a pas voulu s'arrêter parce qu'on y avait déjà retiré son permis et qu'elle était défoncée aux amphètes et à l'herbe et Dieu sait quoi encore. Prager est plus riche qu'Onassis, alors il a arrosé tout le monde et sa fille s'est jamais fait choper. Toutes les preuves sont dans l'enveloppe. C'est lui que j'ai coincé en premier. J'ai entendu un type dans un bar, alors je l'ai fait boire et il a craché le morceau. J'y demande pas plus qu'il peut donner et il me paye comme on paye son loyer au début du mois, mais on peut jamais savoir quand un type va craquer et peut-être que c'est ça qui s'est passé. S'il veut ma peau, je te garantis qu'il aura pas de mal à embaucher quelqu'un.

Pour la Ethridge, c'était juste du bol. Je suis tombé sur sa photo dans les journaux, à la chronique mondaine, et je me la suis rappelée dans un film porno il y a des années. Dingue, non ? T'en connais des mecs qui regardent la gueule des nanas dans ces films, toi ? Mais peut-être qu'elle taillait une pipe à un mec et que c'est pour ça que je m'en suis souvenu. J'ai lu le nom de toutes les écoles où elle avait été et ça cadrait pas ; alors, j'ai potassé la question, et j'ai appris que pendant deux ans elle avait disparu de la circulation et qu'elle s'était mise à faire des trucs pas nets, et j'ai déniché les photos et les autres cochonneries que tu vas voir. C'est une affaire qui marche et je sais pas si son mari est au courant ou autre. C'est une coriace et elle pourrait buter un mec tout en se refaisant la façade. Tu la regardes droit dans les yeux et tu sauras de quoi je parle.

Huysendahl est arrivé troisième, et maintenant ça marche tellement comme sur des roulettes que j'en crois pas mes yeux. J'ai appris que sa femme est une lesbienne. Evidemment je sais que ça a rien d'extraordinaire, Matt. Mais comme il est aussi riche que Rockefeller et qu'il a envie de faire gouverneur, je me suis dit que ça valait la peine de creuser un peu. Qu'elle soit gouine, c'est pas important, y a pas mal de monde au courant, et si tu lui faisais de la pub, probable qu'il obtiendrait les voix des goudous et qu'il serait élu, mais c'est pas franchement ce que je cherche. Ce que je voulais savoir, c'était pourquoi il était encore marié avec. Alors, j'ai bossé comme un dingue et voilà-t-y pas que je déniche quelque chose d'autre. Non seulement c'est un pédé, mais son truc, c'est les garçons, et plus ils sont jeunes, plus il aime. Dans le genre dégueulasse, ça donne envie de vomir. J'ai trouvé des petites choses, par exemple un gamin à l'hosto pour « blessures internes », pour lequel Huysendahl a casqué, mais comme je voulais le ferrer mieux, j'ai monté un coup pour avoir des photos. Ça

n'a pas d'intérêt de savoir comment je m'y suis pris,
mais j'ai mis du monde sur le coup. Il a dû flipper en
voyant les photos. Ça m'a coûté un paquet de fric,
mais j'ai jamais fait un meilleur placement.

Tu vois, c'est forcément un des trois qui m'a buté,
ou bien on a embauché quelqu'un, ce qui revient au
même, et ce que je veux, c'est que tu le leur fasses
payer. Enfin celui qui est responsable, pas les deux
autres, tu comprends que c'est pour ça que je peux
pas refiler l'enveloppe à un avocat qui l'enverrait aux
flics, parce que ceux qui ont joué réglo méritent qu'on
leur foute la paix. Sans parler que si les documents
tombaient entre les mains d'un flic ripou, il s'en ferait
une petite rente, et celui qui m'a descendu serait pei-
nard, sauf qu'il casquerait toujours.

Sur la quatrième enveloppe il y a ton nom parce
qu'elle est pour toi. Dedans y a trois mille dollars et
c'est pour toi. Je sais pas si ça devrait être plus ou
autre, mais je me dis qu'il y a toujours une petite
chance pour que tu empoches le fric et que tu perdes
le reste, que si jamais c'était le cas, comme je suis
mort, j'en saurai rien. Depuis longtemps j'ai remar-
qué un truc chez toi et ça me fait croire que tu feras
quand même ce que je te demande : pour toi, il y a
toujours une différence entre le meurtre et les autres
crimes. C'est pareil pour moi. J'ai passé ma vie à
combiner des saletés, mais j'ai jamais tué personne et
je le ferai jamais. Je connais des types qui ont tué et
c'est un fait que je les évite comme il faut. Je suis
comme ça et je crois que toi aussi, et c'est pour ça
que tu feras peut-être quelque chose et encore une
fois, si tu le fais pas, j'en saurai rien.

Ton ami,
Jake Jablon « la Toupie »

Le mercredi matin, je ressortis l'enveloppe de dessous le tapis et étudiai longuement toutes les preuves. J'ouvris mon calepin et y notai quelques détails. Je n'allais pas pouvoir tout garder avec moi parce que, dès que je commencerais à agir, je serais à découvert et ma chambre d'hôtel cesserait d'être une bonne planque.

La Toupie les avait bien ferrés. Il y avait très peu d'éléments prouvant que Stacy, la fille de Henry Prager, s'était enfuie après avoir renversé et tué le petit Michael Litvak, âgé de trois ans, mais dans ce cas précis les preuves tangibles n'étaient pas indispensables. La Toupie avait le nom du garage où la voiture de Prager avait été réparée, ceux des personnes contactées dans les services de la police et au bureau du district attorney, et quelques renseignements supplémentaires qui suffisaient largement. En remettant tout ça entre les mains d'un bon journaliste d'investigation, on pouvait être sûr que l'affaire n'en resterait pas là.

Les preuves qui concernaient Beverly Ethridge avaient un impact visuel certain. Les photos seules n'auraient peut-être pas suffi à l'inquiéter. L'enveloppe ne contenait que quelques tirages couleur de format 10×15 et une demi-douzaine de chutes de pellicule, chacune montrant quelques plans. On la reconnaissait partout, et il n'y avait aucun doute sur ce qu'elle était en train de faire. En soi, cela n'aurait pas causé beaucoup de dégâts. Après quelques années, on peut facilement tirer un trait sur ce que les gens ont fait avec une certaine légèreté dans leur jeunesse, surtout dans la haute société, où chacun possède beaucoup de placards avec des cadavres dedans.

Mais la Toupie avait potassé la question, comme il disait. Il était remonté au temps où Mme Ethridge, qui s'appelait encore Beverly Guildhurst, avait quitté Vassar alors qu'elle était en troisième année de fac. On l'avait d'abord arrêtée à Santa Barbara pour prostitution, et condamnée avec sursis. A Las Vegas, elle s'était fait embarquer pour une histoire de stupéfiants, mais les preuves étaient insuffisantes et on l'avait relâchée ; cependant, il apparaissait clairement que la famille avait mis la main au portefeuille pour la sortir du pétrin. Avec un maquereau notoire, elle avait ensuite monté une arnaque à San Diego. Mais ça s'était mal terminé et ils s'étaient fait choper. Elle avait décidé alors de témoigner contre son complice et elle avait écopé d'un nouveau sursis, pendant que lui récoltait une peine de un à cinq ans à la prison de Folsom. Elle n'avait fait de la taule qu'une fois, selon les informations dont disposait la Toupie, pour ivresse sur la voie publique à Oceanside.

Puis elle était revenue épouser Kermit Ethridge et, si sa photo n'était pas parue dans les journaux au mauvais moment, elle s'en serait tirée sans problème.

Pour Huysendahl, il fallait s'accrocher. Les renseignements n'avaient en soi rien d'exceptionnel : les noms des garçons prépubères avec les dates auxquelles Huysendahl était censé avoir eu des rapports sexuels avec eux, un extrait des archives de l'hôpital indiquant qu'il avait fait hospitaliser pour « blessures et déchirures internes » un certain Jeffrey Kramer, âgé de onze ans. Sur ce que montraient les photos, on avait du mal à croire qu'on avait sous les yeux le prochain gouverneur de l'Etat de New York.

Il y en avait pile une douzaine, et tout y passait, ou presque. La pire de toutes montrait un jeune Noir, mince, le visage déformé par la douleur pendant que Huysendahl le sodomisait. Comme sur d'autres images, le gamin regardait droit vers l'appareil, et il était tout à fait possible que cette expression de souffrance ne soit que de la frime, mais cette hypothèse n'aurait pas empêché neuf citoyens sur dix de passer un nœud coulant au cou de Huysendahl et de le traîner jusqu'au lampadaire le plus proche.

4

A quatre heures et demie cet après-midi-là, je débarquai dans un hall d'accueil, au vingt-deuxième étage d'un bâtiment de verre et d'acier dans le haut de Park Avenue, près de la 50e Rue. J'étais seul dans la pièce avec l'hôtesse, qui se tenait derrière un bureau en ébène en forme de U. La couleur de sa peau était à peine plus claire que celle de la table, et la demoiselle avait les cheveux coupés ras, à l'africaine. Je m'assis sur un canapé recouvert de vinyle, sombre lui aussi. A côté de moi, sur une table basse blanche, je trouvai quelques revues éparpillées : *Architectural Forum*, *Scientific American*, des magazines de golf et le *Sports Illustrated* de la semaine passée. Je doutais fort qu'ils m'apprennent ce que je cherchais à savoir, je n'y touchai pas et me mis à observer le petit tableau qui décorait le mur opposé, l'œuvre d'un amateur sans doute. Il était peint à l'huile et représentait beaucoup de petits bateaux voguant sur une mer agitée. On apercevait des hommes accoudés au bastingage d'un navire au premier plan. Ils avaient l'air d'être en train de vomir, mais j'eus du mal à croire que c'était là ce que l'artiste avait voulu montrer.

— C'est Mme Prager qui l'a peint, dit l'hôtesse.

— Sa femme ? Très intéressant.

– Comme tous les autres tableaux ici. Elle a une sacrée chance de posséder un talent pareil.

– Certainement.

– Et elle n'a jamais suivi de cours !

La jeune femme était bien plus admirative que moi. Je me demandai tout haut quand Mme Prager s'était mise à peindre. Après que ses enfants furent devenus grands. Les Prager avaient trois enfants : un fils qui faisait ses études de médecine à l'université de Buffalo, une fille mariée qui vivait en Californie, et Stacy, la plus jeune. Tous trois volaient maintenant de leurs propres ailes et Mme Prager vivait dans une grande propriété près de la ville de Rye, où elle peignait des marines houleuses.

– Ça y est, il n'est plus en ligne, dit l'hôtesse. Pourriez-vous me rappeler votre nom, s'il vous plaît ?

– Matthew Scudder.

Elle m'annonça par l'interphone. Je ne m'attendais pas à ce que mon nom lui dise quelque chose, et j'avais deviné juste : la jeune femme me demanda le motif de ma visite.

– C'est pour le projet Michael Litvak.

Il avait peut-être tiqué, mais je n'en sus rien. L'hôtesse me fit part de son incompréhension.

– Dites-lui que je viens de la part de la coopérative « Délit de fuite », ajoutai-je. Tout cela étant strictement confidentiel, je suis certain qu'il voudra bien me recevoir.

J'imaginais plutôt le contraire, mais elle lui répéta mes paroles et il ne put se dérober davantage.

– Veuillez entrer, dit-elle en désignant de sa petite tête crépue une porte sur laquelle je lus PRIVÉ.

La pièce était spacieuse, le mur extérieur, entièrement vitré, offrant un panorama remarquable sur une ville qui gagne à être vue de haut. Des meubles de style faisaient contraste avec le décor ultramoderne du hall d'entrée. Les murs étaient lambrissés de bois sombre – de vraies planches, pas du contreplaqué. La moquette avait la couleur du porto Tawny. Beaucoup de tableaux aux murs, rien que des marines, sans conteste des œuvres de Mme Henry Prager.

J'avais découvert son portrait à lui en consultant les journaux sur microfilms à la bibliothèque. Comme je n'avais pas trouvé de photo en pied, je m'attendais à voir un homme plus corpulent que celui qui se tenait maintenant assis devant son secrétaire. Il émanait du visage que j'avais vu sur les photos d'agence une assurance et un calme certains. A présent, j'y lisais une certaine appréhension, rehaussée de prudence. Je m'approchai, nous restâmes un instant debout à nous regarder sans rien dire. Il avait l'air de se demander s'il devait me tendre la main. Il choisit de ne pas le faire.

– Vous vous appelez Scudder ?

– C'est exact.

– Je ne suis pas sûr de comprendre ce que vous attendez de moi.

Moi non plus, je ne le savais pas très bien. Il y avait un fauteuil de cuir rouge aux accoudoirs en bois, je le tirai et m'y assis alors qu'il n'avait pas encore bougé. Il hésita un instant, puis s'assit à son tour. J'attendis quelques secondes, au cas où il aurait eu quelque chose à dire. Mais il savait être patient.

– J'ai déjà mentionné le nom de Michael Litvak.

– Je ne le connais pas.

– Alors, en voici un autre. Jacob Jablon.

– Je ne le connais pas non plus.

– Vraiment ? M. Jablon et moi étions associés. Nous avons fait quelques affaires ensemble.

– Quel genre d'affaires ?

– Oh, de toutes sortes. J'ai bien peur que nous n'ayons pas eu autant de succès que vous dans votre branche. Vous vous occupez de conseil en architecture ?

– C'est exact.

– Sur des projets d'envergure, des zones résidentielles, des immeubles de bureaux, ce genre de choses, n'est-ce pas ?

– Il n'y a là rien de confidentiel, monsieur Scudder.

– Cela doit rapporter gros… (Il m'observait, sans piper mot.) Cet adjectif que vous venez d'utiliser, « confidentiel », s'applique bien à ce dont je voulais discuter avec vous, ajoutai-je.

– Ah, oui ?

– Mon associé, M. Jablon, a dû quitter la ville assez précipitamment.

– Je ne vois pas en quoi…

– Il a pris sa retraite, poursuivis-je. Il avait travaillé dur toute sa vie, monsieur Prager, puis il a touché une certaine somme d'argent, vous comprenez, et il est parti à la retraite.

– Vous pourriez peut-être en venir au fait.

Je sortis de ma poche un dollar d'argent et le fis tourner sur le bureau mais, à l'inverse de la Toupie, sans cesser d'observer Prager au lieu de regarder la pièce. Un visage aussi inexpressif lui aurait été très utile s'il avait voulu jouer au poker. A condition qu'il sût correctement jouer ses cartes.

– On n'en voit plus beaucoup, des pièces comme ça, dis-je. Il y a quelques heures de ça, je suis allé en acheter une à la banque. Ils m'ont regardé, un peu étonnés, puis ils m'ont dit d'aller voir un numismate. Et moi je croyais qu'un dollar, c'était un dollar, vous comprenez. Autrefois, c'était comme ça. Mais il semblerait qu'à lui seul le poids en argent vaudrait deux ou trois dollars, et que la valeur qu'un collectionneur lui donne est encore plus élevée. J'ai dû débourser sept dollars pour ce truc. Incroyable, non ?

– Et pourquoi était-ce si important ?

– C'est un porte-bonheur. M. Jablon possède une pièce identique à celle-ci. Du moins, il me semble que c'est la même. Je ne suis pas numismate. Je veux dire expert en monnaies.

– Je sais ce qu'est un numismate.

– Moi, c'est seulement aujourd'hui que je l'ai appris, en même temps qu'on m'a dit qu'un dollar ne valait plus un dollar. Si M. Jablon m'avait laissé sa pièce en quittant la ville, je n'aurais pas été contraint de débourser sept dollars. Mais il m'a légué quelque chose d'autre qui vaut probablement davantage. Vous voyez, il m'a confié cette enveloppe pleine de papiers et de toutes sortes de trucs. Il y en a même une avec votre nom dessus. Et celui de votre fille et quelques autres que j'ai déjà mentionnés, celui de Michael Litvak, par exemple. Mais vous m'avez déjà dit que vous ne le connaissiez pas, n'est-ce pas ?

La pièce avait cessé de tourner. La Toupie la rattrapait toujours dès qu'elle commençait à vaciller, mais je la laissai s'arrêter toute seule. Côté face.

– Je me disais que vu qu'on trouve votre nom un peu partout sur tous ces papiers, vous souhaiteriez peut-être en faire l'acquisition…

Il ne disait toujours rien, et je ne voyais rien d'autre à ajouter. Je ramassai la pièce et la relançai. Cette fois, nous l'observâmes tous les deux. Cela dura un certain temps. Puis la pièce se rapprocha d'une photo dans un cadre en argent, hésita avant de commencer à vaciller, puis retomba de nouveau côté face.

Prager décrocha l'interphone et appuya sur un bouton.

– Ce sera tout pour aujourd'hui, Shari, dit-il. Branchez le répondeur et rentrez chez vous… Non, ça peut attendre, je signerai tout ça demain. Vous pouvez partir, maintenant… Parfait, merci.

Aucun de nous deux n'ouvrit la bouche avant que la porte d'entrée ne se fût ouverte, puis refermée. Alors, Prager se cala dans son fauteuil et joignit les mains sur son ventre. Il était du genre grassouillet, mais n'avait pas les doigts boudinés. Au contraire, ils étaient plutôt minces et longs.

– Si j'ai bien compris, finit-il par dire, vous voulez reprendre les choses là où votre ami… comment s'appelle-t-il, déjà ?

– Jablon.

– Là où M. Jablon les a laissées.

– C'est à peu près ça.

– Je ne suis pas riche, M. Scudder.

– Vous n'avez pas l'air de mourir de faim.

– C'est exact.

Il regarda par-dessus mon épaule quelques instants, probablement en direction d'un des tableaux. Puis il ajouta :

– Ma fille Stacy a connu une période difficile dans sa vie. Et au cours de cette période, elle a eu un malheureux accident.

– Un petit garçon a été tué.

– Un petit garçon a été tué. Au risque de paraître cynique, j'ajouterai que ce genre d'événement se produit quotidiennement. Chaque jour, des personnes – des enfants, des adultes, peu importe –, des gens trouvent une mort accidentelle.

Je pensai à Estrellita Rivera, la fillette qui avait reçu une balle dans l'œil. Je ne sais pas si cela se vit sur mon visage.

– Ce dont Stacy est responsable, ou coupable, si

40

vous préférez, reprit-il, ce n'est pas de l'accident proprement dit, mais de son comportement dans les instants qui ont suivi. Elle ne s'est pas arrêtée. Si elle l'avait fait, cela n'aurait de toute façon rien changé pour le garçon. Il est mort sur le coup.

– Elle s'en était rendu compte ?

Il ferma les yeux quelques instants.

– Je ne sais pas, dit-il. Est-ce que ça a de l'importance ?

– Sans doute pas.

– Pour ce qui est de l'accident… Si elle s'était arrêtée, comme elle aurait dû le faire, on l'aurait disculpée. Le gamin est descendu du trottoir sur son tricycle juste devant elle.

– J'ai cru comprendre qu'elle était droguée.

– Si vous considérez la marijuana comme une drogue, oui.

– Mon avis sur la question n'a pas grand-chose à voir avec cette histoire. Elle aurait peut-être pu éviter l'accident si elle n'avait pas été défoncée. Ou bien elle aurait eu la lucidité de s'arrêter après avoir renversé l'enfant. Evidemment, aujourd'hui ça n'a plus d'importance. Elle était camée, elle a renversé le gamin, elle ne s'est pas arrêtée, et vous l'avez tirée de là avec votre argent.

– Ai-je eu tort d'agir comme cela, Scudder ?

– Ce n'est pas à moi d'en juger.

– Avez-vous des enfants ?

J'hésitai un instant, puis j'acquiesçai.

– Qu'est-ce que vous auriez fait à ma place ?

Je pensai à mes fils. Ils n'étaient pas encore en âge de conduire. Etaient-ils assez vieux pour fumer de la marijuana ? Possible. Et à la place de Henry Prager, qu'est-ce que j'aurais fait ?

– Mon devoir pour les sortir de là, lui répondis-je.

– Bien sûr. Comme n'importe quel père.

– Vous avez dû dépenser beaucoup d'argent.

– Plus que je n'en possédais. Mais je n'avais pas les moyens de faire autrement, vous comprenez…

Je ramassai ma pièce d'argent et l'examinai. *1878*. Elle était beaucoup plus vieille que moi, mais bien mieux conservée.

– Je pensais que tout cela était terminé. C'était un cauchemar, mais j'ai réussi à tout arranger. Les gens que j'ai rencontrés ont bien compris que Stacy n'était pas une criminelle. C'était une fille honnête qui venait d'une bonne famille, mais qui traversait une période difficile. Ce n'est pas si rare, vous savez. Ils ont admis qu'il n'y avait aucune raison de gâcher une deuxième existence parce qu'un terrible accident avait déjà pris une vie. Et cette expérience… c'est terrible à dire, mais tout cela a aidé Stacy à grandir. Elle a mûri. Elle a arrêté de se droguer, naturellement. Et maintenant, elle a trouvé des raisons de vivre.

– Qu'est-ce qu'elle fait ?

– Elle prépare un diplôme à l'université de Columbia. En psychologie. Elle voudrait travailler avec des enfants handicapés mentaux.

– Elle a quoi, vingt, vingt et un ans ?

– Elle a eu vingt-deux ans le mois dernier. Elle en avait dix-neuf au moment de l'accident.

– Je suppose qu'elle possède un appartement ici à New York ?

– C'est exact. Pourquoi ?

– Comme ça, pour savoir. Pour finir, elle a bien tourné, je me trompe ?

– Tous mes enfants ont bien tourné, Scudder. Stacy a connu une ou deux années difficiles, voilà tout. (Il plissa les yeux.) Mais combien de temps devrai-je encore payer pour cette erreur ? C'est ce que j'aimerais bien savoir.

– Je vous comprends.

– Alors ?

– Jusqu'où Jablon vous tenait-il ?

– Je ne comprend pas.

– Combien lui donniez-vous ?

– Je croyais que vous étiez associés ?

– Notre association avait ses limites. Combien ?

Il hésita un instant, puis haussa les épaules.

– La première fois qu'il est venu, je lui ai donné cinq mille dollars. J'avais cru comprendre que cette somme suffirait.

– Alors qu'on n'en voit jamais la fin.

– Je n'ai pas tardé à m'en rendre compte. Quelque temps plus tard, il est revenu. Il m'a dit qu'il lui fallait de nouveau de l'argent. Finalement, nous sommes parvenus à un accord. Nous sommes convenus d'un certain montant chaque mois.

– Combien ?

– Deux mille dollars.

– C'était dans vos moyens.

– Pas tant que ça. (Prager réussit à esquisser un sourire.) J'espérais trouver une façon de déduire cette somme de mes impôts, de la faire passer dans les frais généraux de ma société…

– Vous y êtes arrivé ?

– Non. Pourquoi me posez-vous toutes ces questions ? Pour savoir combien vous pouvez me soutirer ?

– Non.

– Il y a quelque chose qui ne tourne pas rond dans toute cette conversation, dit-il tout à coup. Vous n'avez pas l'air d'un maître-chanteur.

– Qu'est-ce qui vous fait dire ça ?

– Je ne sais pas. Ce type était une vraie fouine. Calculateur, visqueux. Vous aussi vous êtes un calculateur, mais pas du même genre.

— Chacun sa manière.

Il se leva.

— Je ne vais pas continuer à payer indéfiniment, dit-il. Je ne peux pas vivre avec cette épée suspendue au-dessus de ma tête. Enfin quoi, il n'y a pas de raison !

— Nous trouverons bien un moyen de nous entendre.

— Je ne veux pas voir la vie de ma fille anéantie. Mais je ne supporterai pas d'être saigné à blanc !

Je ramassai mon dollar en argent et le fourrai dans ma poche. J'étais loin d'être convaincu qu'il ait pu tuer la Toupie, mais je ne pouvais pas en exclure la possibilité, et j'en avais assez de jouer la comédie. Je repoussai mon siège et me levai.

— Alors ?

— Je vous recontacterai, dis-je.

— Et ça me coûtera combien ?

— Je ne sais pas.

— Je vous paierai ce que je lui donnais. Pas plus.

— Vous tenez à y passer le restant de vos jours ?

— Je ne comprends pas.

— Il existe peut-être une solution satisfaisante pour vous comme pour moi. Quand je l'aurai trouvée, je vous ferai signe.

— S'il s'agit de tout régler en un seul versement, quelle raison aurai-je de vous faire confiance ?

— Voilà encore une chose à mettre au point, lui renvoyai-je. Je vous tiendrai au courant.

5

J'étais convenu avec Beverly Ethridge que nous nous retrouverions à sept heures au bar de l'hôtel Pierre. En quittant le bureau de Prager, j'allai d'abord dans un autre bar, dans Madison Avenue. Je me rendis vite compte que c'était un repaire de publicistes ; tous ces gens qui parlaient fort étaient bien trop agités pour moi. Je sifflai mon bourbon et partis.

Avant d'arriver dans la Cinquième Avenue, je m'arrêtai à Saint-Thomas, où je m'assis sur un banc. J'ai découvert les églises peu de temps après avoir quitté la police et déménagé loin d'Anita et de mes fils. Je ne sais pas très bien ce qui m'y attire. Peut-être le fait que ce sont les seuls endroits à New York où l'on peut réfléchir en paix. En même temps, je ne crois pas que ce soit la seule raison qui me pousse à y entrer. Il n'est pas difficile d'imaginer que je viens aussi y chercher quelque chose de plus personnel, même si je n'ai aucune idée de ce dont il peut s'agir. Je ne prie pas. Je ne suis même pas sûr de croire en quelque chose.

Quoi qu'il en soit, ce sont des endroits parfaitement étudiés pour s'installer et réfléchir sérieusement. Je m'assis donc et je pensai à Henry Prager. Et n'arrivai à rien de précis. Si la méfiance n'avait pas altéré l'expression de son visage, j'aurais sans doute pu en apprendre davantage. Il n'avait rien fait qui pût le trahir. D'ailleurs, s'il avait été suffisamment intelligent pour descendre la Toupie alors que celui-ci était déjà sur ses gardes, il n'allait certainement pas risquer de se découvrir devant moi.

J'avais autant de mal à voir en lui un meurtrier qu'à l'imaginer victime d'un pareil chantage. Il n'en savait rien et je ne pouvais évidemment pas le lui dire, mais il aurait dû envoyer promener la Toupie. Le pouvoir de l'argent est tel qu'il permet d'effacer bien des fautes, et il y avait peu de chance pour qu'un jour quelqu'un trouve quoi que ce soit à lui reprocher. Quelques années auparavant, sa fille avait commis un crime. Un procureur acharné aurait pu l'inculper d'homicide, mais on ne l'aurait certainement pas reconnue coupable de préméditation et elle aurait sans doute écopé d'une condamnation avec sursis. Au vu de tout cela, je me dis que ni elle ni son père ne risquaient grand-chose, qui plus est si longtemps après les faits. Au pire un mini-scandale, mais rien qui menaçât sa carrière ou la tranquillité de sa fille.

Apparemment donc, Prager avait bien peu de raisons de payer ce que la Toupie lui réclamait, et encore moins de lui régler son compte. Mais je n'étais peut-être pas au courant de tout.

Ils étaient trois, Prager, Ethridge et Huysendahl, et tous avaient acheté le silence de Jablon, jusqu'à ce que l'un d'eux décide d'en faire un silence définitif. Tout ce que j'avais à faire, c'était de trouver lequel.

Mais je n'en avais pas vraiment envie.

J'avais quelques raisons pour cela. La plus importante était que je ne disposais pas, et de loin, des moyens de la police pour retrouver l'assassin. Autant aller vider l'enveloppe de la Toupie sur le bureau d'un bon officier de police judiciaire et le laisser faire tout le travail. Ses hommes auraient pu déterminer l'heure du crime bien plus précisément que le lieutenant Koehler avec ses approximations. Ils auraient pu vérifier les alibis et soumettre les trois suspects à des interrogatoires serrés. Les problèmes se seraient sans doute résolus d'eux-mêmes.

C'était une solution boiteuse : l'assassin finirait en taule, mais les deux autres en sortiraient définitivement salis. Je n'étais quand même pas loin de refiler le bébé aux flics : un chauffard, coupable de délit de fuite, une prostituée qui tournait des films porno et un pervers particulièrement répugnant, aucun des trois n'était vraiment propre sur soi. Mais la Toupie, avec sa déontologie personnelle, avait décidé qu'aux deux personnes qui n'étaient pas responsables de sa mort le silence était dû, puisqu'elles l'avaient acheté. Moi, je ne leur avais rien vendu, et je ne leur devais rien.

Je pourrais toujours faire appel à la police. Si je n'arrivais à rien, ce serait toujours une solution de secours. En attendant, j'allais tenter ma chance, et voilà pourquoi j'avais rencontré Henry Prager, avais pris rendez-vous avec Beverly Ethridge et irais voir Theodore Huysendahl le lendemain. Je trouverais bien le moyen de leur faire savoir que j'étais l'héritier de la Toupie et de ses pièges, et qu'ils n'allaient pas s'en sortir comme ça.

Un groupe de touristes passa près de moi dans l'allée, se montrant du doigt les décorations raffinées qui ornaient le maître-autel. J'attendis qu'ils s'éloignent et, au bout de quelques instants, me levai. Près de la sortie, j'observai les troncs pour les offrandes. On pouvait, au choix, contribuer à l'entretien de l'église, aux missions étrangères, ou bien aider les enfants sans logis. Des trente billets de cent dollars que m'avait donnés la Toupie, j'en glissai trois dans le tronc pour les enfants sans logis.

Il est certaines choses que je fais sans trop savoir pourquoi. M'acquitter de ma dîme en est une. Quand on me donne de l'argent, j'en laisse toujours un dixième dans la première église où je mets les pieds. Ce sont généralement les catholiques qui en profitent, non pas que j'aie une quelconque préférence mais parce que leurs églises sont plus souvent que les autres ouvertes à des heures indues.

Saint-Thomas est une église épiscopalienne. Sur la façade, une plaque indique qu'elle reste ouverte toute la semaine, pour que les passants puissent y trouver refuge et échapper à l'agitation de Manhattan. J'imagine que les dons des touristes couvrent les frais généraux. Et voilà que trois cents dollars leur tombaient soudain du ciel, cadeau d'un maître-chanteur mort.

Je sortis de l'église et me mis en route vers le nord. Il était temps que Mme Ethridge sache qui avait pris la place de Jablon la Toupie. Une fois qu'ils seraient tous au courant, je pourrais souffler. Je n'aurais plus qu'à m'installer confortablement pour attendre que le meurtrier de la Toupie vienne essayer de me tuer.

6

Au bar de l'hôtel Pierre, les tables sont rondes et de petite taille, assez éloignées les unes des autres, et encadrées de deux ou trois sièges de velours bleu. Sur chacune d'elles, l'éclairage se réduit à une petite bougie dans une coupe de verre bleu nuit. Dans cette demi-obscurité, il me fallut plisser les yeux pour tenter d'apercevoir une femme en tailleur blanc. Il y en avait trois ou quatre sans cavalier, mais aucune en tailleur blanc. Je décidai de chercher Beverly Ethridge et la trouvai assise à une table contre le mur du fond. Elle portait un fourreau bleu marine et un rang de perles.

Je laissai mon manteau au vestiaire et traversai la pièce droit vers elle. Si elle m'avait vu arriver, c'était du coin de l'œil, car elle ne tourna pas la tête dans ma direction. Je m'assis en face d'elle, alors seulement son regard rencontra le mien.

– J'attends quelqu'un, dit-elle en détournant les yeux pour me congédier.

– Je suis Matthew Scudder, répondis-je.

– Nous sommes censés nous connaître ?

– Vous êtes très forte, dis-je. J'aime bien votre tailleur blanc, il vous va à ravir. Vous vouliez vérifier si je pourrais quand même vous reconnaître, grâce aux photos. J'avoue que c'est assez subtil, mais pourquoi ne pas m'avoir demandé de vous en apporter une ?

Ses yeux revinrent sur moi, et nous nous observâmes quelques secondes. C'était bien le visage que j'avais découvert sur les photos, mais j'avais du mal à croire que c'était la même femme. Elle n'avait pas vraiment l'air plus âgée, mais semblait beaucoup plus mûre. C'était même plus que cela, comme une assurance et une sophistication qui n'avaient rien à voir avec la fille des films porno et des fiches de police. Elle avait l'allure d'une aristocrate et sa façon de parler disait les écoles huppées et la bonne éducation.

– Un putain de flic, dit-elle tout à coup et, son visage et sa voix se transformant, ses bonnes manières s'évanouirent. Comment se fait-il que vous ayez ces photos, hein ?

Je haussai les épaules. J'allais dire quelque chose, mais le serveur vint nous demander ce que nous désirions. Je commandai un bourbon et un café. Elle lui fit signe de lui remettre la même chose qu'avant. Je me demandai ce que ça pouvait être. C'était plein de morceaux de fruits.

Une fois le serveur parti, je repris la parole :

– La Toupie a dû s'absenter quelque temps. Il m'a prié de m'occuper de ses affaires pendant son absence.

– Ben tiens.

– On n'a pas toujours le choix.

– Ben tiens. Vous voulez dire que vous l'avez alpagué et qu'il m'a balancée en échange de sa libération. Il a fallu qu'il se fasse arrêter par un ripou !

– Vous préféreriez avoir affaire à un flic honnête ?

Elle se passa la main dans les cheveux. Ils étaient blonds, raides et coiffés « à la Sassoon », je crois. Elle les portait beaucoup plus longs sur les photos, mais la couleur était la même. Elle était peut-être naturellement blonde.

– Un flic honnête ? Où ça ?

– Il paraît que ça se trouve.

– Ah, ouais, ceux qui règlent la circulation.

– De toute façon, je ne suis pas flic. Juste pourri. (Elle haussa les sourcils.) Il y a déjà quelques années que j'ai quitté la police.

– Alors, je ne comprends pas. Comment est-ce que vous avez récupéré ces trucs ?

Ou bien son étonnement était sincère, ou bien elle savait que la Toupie était mort et, dans ce cas, elle était vraiment très forte. C'était bien là mon problème. J'étais obligé de jouer au poker avec trois inconnus, mais je ne pouvais même pas les faire asseoir autour de la même table.

Le serveur revint avec notre commande. Je goûtai au bourbon, bus une gorgée de café, puis je versai ce qui restait de bourbon dans la tasse de café. C'est un très bon moyen de se biturer sans s'assommer.

– D'accord, dit-elle tandis que je l'observais, mais vous feriez mieux de m'expliquer les choses dans le détail, monsieur Scudder… (Elle reprit sa voix de personne bien élevée, et son visage se recomposa.) Si je comprends bien, il va falloir que je paie.

– Il faut bien se nourrir, mademoiselle Ethridge.

Elle sourit tout à coup, sans que je réussisse à savoir si c'était spontané ou non. Tout son visage s'était illuminé.

– Je crois que vous devriez m'appeler Beverly, dit-elle. Je trouve bizarre que vous fassiez tant de manières pour vous adresser à moi, alors que vous savez tout de mon intimité. Quel est votre petit nom ? Matt ?

– Par exemple.

– Dites-moi, Matt, combien est-ce que tout cela va me coûter ?

– Je ne suis pas gourmand.

– C'est sans doute ce que vous racontez à toutes les filles. Quelle est la taille de votre appétit ?

– Je propose que notre contrat soit identique à celui que vous avez passé avec la Toupie. Je me contenterai de ce que vous lui donniez.

Elle hocha la tête lentement, comme si elle voulait y réfléchir, avec sur les lèvres l'esquisse d'un sourire. Elle se mit à mordiller le bout d'un doigt qu'elle avait pressé contre sa bouche.

– Intéressant, dit-elle.

– Vous trouvez ?

– La Toupie n'a pas dû vous dire grand-chose. Nous n'avions pas de contrat.

– Vraiment ?

– Nous tentions d'en trouver un. Je ne voulais pas qu'il me saigne toutes les semaines. Je lui ai donné de l'argent, c'est vrai. Dans les cinq mille dollars au cours des six derniers mois.

– Ce n'est pas énorme.

– J'ai aussi couché avec lui. J'aurais préféré lui donner davantage d'argent et payer moins de ma personne, mais je ne suis pas riche, contrairement à mon mari. Mais sa fortune ne m'appartient pas, vous comprenez, et je ne pouvais pas offrir de fortes sommes.

– Mais vous avez beaucoup mieux à offrir…

Elle passa très ostensiblement sa langue sur ses lèvres. Cela n'en était pas moins provocant.

– Vous aviez remarqué ?

– Oui, j'avais remarqué.

– J'en suis bien contente.

Je bus un peu de café et regardai autour de moi. Tous ces gens bien habillés et qui se tenaient si bien, je ne me sentais pas du tout à ma place. J'avais mis mon plus beau costume, mais j'avais toujours l'air d'un flic. La femme assise en face de moi avait tourné dans des films porno, s'était prostituée et elle avait été complice d'une escroquerie. Pourtant, elle était tout à fait à son aise dans cet hôtel et moi je savais que je faisais tache.

– Madame Ethridge, je préférerais que vous me donniez de l'argent.

– Appelez-moi Beverly.

– Beverly, d'accord.

– Ou même Bev, si vous préférez. Je fais ça très bien, vous savez.

– Je n'en doute pas.

– On m'a dit que je conjuguais le talent de la professionnelle et l'enthousiasme de l'amateur.

– Je n'en doute pas non plus.

– D'ailleurs, vous avez pu juger sur pièces.

– C'est exact. Mais j'ai malheureusement davantage besoin d'argent que de baise.

Elle hocha de nouveau la tête, puis reprit :

– Avec la Toupie, j'avais essayé d'inventer une solution. Je n'ai pas beaucoup d'argent disponible. J'ai déjà dû vendre des bijoux, des bricoles, juste pour gagner du temps. Si vous m'accordiez un délai, je pourrais trouver mieux. Je veux dire une somme conséquente.

– Combien ?

Elle fit comme si elle n'avait pas entendu.

– C'est là que les choses se compliquent. Vous savez bien que j'ai fait le trottoir. Ça a duré quelque temps, c'était ce que mon psy appelle un moyen radical d'agir mes angoisses et mes rancunes refoulées. Je ne sais pas ce que ça veut dire, et je ne suis pas sûre qu'il le sache lui-même. Mais maintenant je suis rangée, je suis une femme respectable, je suis même une petite conne de la jet-set, mais je connais la musique. Si on accepte de payer, on y passe le restant de ses jours.

– C'est généralement comme ça que ça se passe, en effet.

– Et moi, je ne veux pas. Je veux payer en une fois et ne plus en entendre parler. Le plus difficile, c'est de définir les modalités, et de trouver des garanties.

– Parce ce que je pourrais avoir des copies des photos.

– On ne sait jamais. Le simple fait que vous soyez au courant pourrait déjà suffire.

– Et vous voudriez une assurance que ce paiement serait bien le dernier.

– Il me faudrait un moyen de faire pression sur vous, de quoi vous dissuader de conserver des photos ou de me faire payer de nouveau.

– C'est effectivement un problème. C'est ce que vous aviez tenté d'obtenir de la Toupie ?

– Oui, mais aucun de nous deux n'arrivait à une solution satisfaisante, alors je gagnais du temps en le payant en nature et en menue monnaie.

Elle se passa de nouveau la langue sur les lèvres, puis reprit :

– Il faut dire que c'était assez intéressant de coucher avec lui, de voir sa façon d'être avec moi. Un petit homme comme lui ne s'était sans doute pas souvent retrouvé au lit avec une jeune femme séduisante. Sans parler de l'aspect social de la chose : j'étais sa déesse de Park Avenue. En même temps, il possédait ces photos et savait tant de choses sur moi que finalement nos rapports devinrent assez particuliers. Je ne le trouvais pas séduisant. Ce type ne me plaisait pas, et sa façon d'agir avec moi non plus, et je détestais être à sa merci. Malgré tout, nous avons fait des choses intéressantes ensemble. J'étais surprise de voir à quel point il était inventif. Je n'appréciais pas d'être obligée de coucher avec lui, mais j'aimais le faire, si vous voyez ce que je veux dire.

Je gardais le silence.

– Je pourrais vous raconter à quoi nous nous occupions, dit-elle encore.

– Pas la peine.

– Peut-être même que ça vous exciterait, rien que de l'entendre.

– Je ne crois pas.

– Je ne vous plais pas beaucoup, c'est ça ?

– Pas tellement, non. Je n'en ai pas vraiment les moyens, vous comprenez.

Elle but quelques gorgées et se passa encore la langue sur les lèvres.

– Vous ne seriez pas le premier flic que je mettrais dans mon lit, dit-elle. Quand on fait le tapin, ça fait partie du jeu. Je n'ai jamais rencontré un flic qui ne s'inquiète pas de sa virilité. Cela doit aller avec le fait de porter un pistolet, une matraque et tout le tralala. Je me trompe ?

– Qui sait ?

– Ceux que j'ai rencontrés étaient faits comme tous les autres hommes.

– Il me semble que nous nous éloignons du sujet, madame Ethridge.

– Bev.

– Je crois que nous ferions mieux de parler argent. Si vous me donniez une somme importante, je décrocherais l'hameçon et rangerais ma canne à pêche.

– Alors combien ?

– Cinquante mille dollars.

Je ne sais pas à quel chiffre elle s'attendait. Ni si elle avait marchandé un prix avec Jablon pendant qu'ils faisaient des galipettes dans des draps luxueux. Elle ourla les lèvres comme si elle allait siffler, pour me montrer que la somme était effectivement importante.

– Ça fait beaucoup.

– Un seul versement et on n'en parle plus.

– Retour à la case départ. Quelle garantie ?

– Vous aurez ce qu'il faut quand vous me paierez. J'ai fait une bêtise il y a quelques années. Je pourrais faire de la prison pour cela, et pas qu'un peu. Je peux rédiger des aveux, avec tous les détails. Je vous donnerai cela, plus tout ce que la Toupie possédait sur vous, quand vous me paierez les cinquante mille. Comme ça, je ne peux plus bouger.

– S'il ne s'agit que d'une banale histoire de corruption de fonctionnaire...

– Non, rien à voir.

– Alors, vous avez tué quelqu'un.

Je ne répondis pas.

Elle prit du temps pour réfléchir. Elle sortit une cigarette, en tapota l'extrémité sur son ongle peint. Elle attendait sans doute que je lui offre du feu. Je restai dans mon personnage et la laissai l'allumer elle-même. Finalement, elle dit :

– Ça pourrait peut-être marcher.

– Je me passerai le nœud coulant et vous n'aurez plus de raison de vous inquiéter : je ne risquerai pas de vouloir m'enfuir en tirant sur la corde.

Elle hocha la tête.

– Il y a quand même un problème.

– L'argent ?

– Oui. Est-ce qu'on ne pourrait pas revoir le tarif à la baisse ?

– Je ne crois pas.

– Je n'en ai pas autant.

– Mais votre mari en a, lui.

– Il n'atterrit pas pour autant dans mon sac à main, Matt.

– Je pourrais me passer de l'intermédiaire, dis-je, et

lui vendre directement la marchandise. A mon avis, il paierait…

– Salaud.

– Vous ne croyez pas ?

– Je me débrouillerai pour trouver cet argent, espèce de salaud ! D'ailleurs, je suis sûre que mon mari refuserait de payer, et alors vous n'auriez plus rien contre moi, n'est-ce pas ? Ma vie serait finie, et vous, il ne vous resterait rien. Vous êtes sûr de vouloir courir ce risque ?

– Si je n'ai pas d'autre choix, oui.

– C'est-à-dire si je ne vous donne pas ce que vous me demandez… Laissez-moi du temps.

– Quinze jours.

Elle fit non de la tête.

– Au moins un mois.

– Je n'ai pas prévu de rester en ville si longtemps.

– Si je trouve plus tôt, je vous le donne. Croyez-moi, plus vite cette histoire sera finie, mieux je m'en porterai. Mais il me faudra peut-être un mois.

Je lui répondis que j'étais d'accord pour lui accorder ce délai, mais que j'espérais que cela ne lui prendrait pas si longtemps. Elle me répéta que je n'étais qu'un salaud et un fils de pute et, tout à coup, elle voulut de nouveau me séduire et me demanda si, malgré tout, je ne voulais pas coucher avec elle, rien que pour le plaisir. Je préférais de loin quand elle m'insultait.

– Je ne veux pas que vous me téléphoniez, reprit-elle. Où est-ce que je peux vous joindre ?

Je lui donnai le nom de mon hôtel. Ma réponse la surprit visiblement, même si elle essaya de ne pas le montrer. Il était clair que la Toupie avait tout fait pour qu'elle ne sache pas où le trouver.

On ne pouvait pas lui en vouloir.

7

Le jour de son vingt-cinquième anniversaire, Theodore Huysendahl avait hérité de deux millions et demi de dollars. Un an plus tard, il y avait ajouté un autre million et des poussières en épousant Helen Godwynn et, au cours des cinq années qui suivirent, avait fait fructifier cette fortune, qui avait fini par se stabiliser aux environs d'une quinzaine de millions de dollars. A l'âge de trente-deux ans, il avait vendu les parts qu'il possédait dans ses entreprises, quitté sa propriété de Sands Point, emménagé dans un appartement donnant sur la Cinquième Avenue et voué son existence au service de la collectivité. Le Président l'avait nommé à la tête d'une commission, et le maire lui avait offert de diriger le Service des parcs et loisirs. Il répondait brillamment aux interviews, fournissait toujours de bons sujets d'articles et était apprécié des journalistes. En retour, son nom était fréquemment cité dans la presse. Depuis quelques années, il sillonnait l'Etat et prononçait des discours lors de galas donnés au profit du parti démocrate, réunissant partout des conférences de presse et apparaissant parfois dans des talk-shows à la télévision. Il prétendait toujours qu'il ne cherchait pas à se faire élire gouverneur, mais je crois que même son chien n'était pas assez idiot pour avaler ça. Il avait de l'ambition, et pas qu'un peu, beaucoup d'argent et de nombreux appuis politiques. Grand et séduisant, il avait énormément de charme. Si l'on avait voulu définir sa position sur l'échiquier politique, si tant est qu'il en ait eu une, il aurait fallu chercher quelque part pas trop loin de la gauche, ni trop loin de la droite, là où on ne risque pas de perdre la grande masse des électeurs qui se situent entre les deux extrêmes.

Les malins de la finance lui donnaient une chance sur trois d'être désigné candidat par le parti et, s'il arrivait jusque-là, il aurait de fortes chances d'être élu. Et il n'avait que quarante et un ans. Il regardait sans doute déjà, au-delà d'Albany, en direction de Washington.

Et dire qu'il aurait suffi de quelques méchantes photos pour détruire tout cela en une minute.

Il avait un bureau à la mairie. Je pris le métro et descendis à Chambers Street. En chemin, je fis un détour, remontai Center Street et m'arrêtai quelques minutes devant le quartier général de la police. De l'autre côté de la rue, il y avait un bar où nous nous rendions avant ou après les audiences de la chambre criminelle. Il était quand même un peu tôt pour prendre un verre, et je n'avais pas vraiment envie de rencontrer de vieilles connaissances. Je repartis vers la mairie et finis par trouver le bureau de Huysendahl.

Sa secrétaire était une femme âgée, avec des cheveux gris qui poussaient dru et des yeux bleus au regard perçant. Je lui dis qui je voulais voir et elle me demanda mon nom.

Je sortis mon dollar d'argent.

– Regardez bien, lui dis-je en le faisant tourner sur le coin de son bureau. Maintenant, allez raconter très précisément à M. Huysendahl ce que je viens de faire, et dites-lui que j'aimerais le voir en privé. Allez.

Elle me dévisagea un moment, sans doute pour s'assurer de ma santé mentale. Puis elle prit son téléphone, mais je l'arrêtai en posant doucement ma main sur la sienne.

– Allez le lui dire en personne, ajoutai-je.

De nouveau elle m'observa, la tête légèrement penchée sur le côté. Puis elle haussa à peine les épaules, se leva, entra dans le bureau et referma la porte derrière elle.

Elle n'y resta pas longtemps. Elle ressortit l'air tout étonné et m'annonça que M. Huysendahl allait me recevoir. J'avais déjà accroché mon manteau à une patère métallique. J'ouvris la porte, entrai et la refermai derrière moi.

Il se mit à parler avant d'avoir levé les yeux de son journal.

– Je croyais qu'il était entendu que vous ne mettriez pas les pieds ici. Nous étions convenus...

Il regarda dans ma direction, me vit, et quelque chose passa sur son visage.

– Mais vous n'êtes pas...

Je lançai ma pièce en l'air et la rattrapai.

– Ni George Raft non plus, dis-je. Vous attendiez quelqu'un d'autre ?

Il me regarda, et j'essayai de déchiffrer ce que pouvait exprimer son visage. Il était mieux que sur les photos des journaux, et beaucoup mieux que sur les instantanés que je possédais. Il était assis derrière une table en acier gris, la pièce entière étant aménagée avec le même mobilier de bureau banal que l'on trouve dans toutes les administrations de la ville. Il aurait pu le faire redécorer à ses frais – beaucoup de gens comme lui le faisaient. Je ne savais pas ce que je devais déduire de ce qu'il n'en avait rien fait, ni ce que c'était censé me dire.

– C'est le *Times* d'aujourd'hui ? lui demandai-je. Si vous attendiez quelqu'un d'autre avec un dollar d'argent, c'est que vous ne l'avez pas lu attentivement. Troisième page, deuxième cahier, en bas.

– Je ne comprends pas de quoi il s'agit, dit-il.

Je lui montrai le journal du doigt.

– Allez-y. Troisième page, deuxième cahier.

Je restai debout jusqu'à ce qu'il ait trouvé l'article et qu'il l'ait lu. J'étais tombé dessus en prenant mon petit déjeuner et ne l'aurais peut-être pas remarqué si je ne l'avais pas cherché. Je n'étais pas sûr que cela figurerait dans le journal, mais ils s'étaient finalement fendus de trois paragraphes sur le corps repêché dans l'East River, indiquant qu'il s'agissait de celui de Jacob Jablon, dit « la Toupie », et narrant quelques hauts faits de sa carrière.

J'observai Huysendahl attentivement pendant qu'il finissait de lire l'article. Sa réaction ne fut pas différente de ce qu'on pouvait attendre. Son visage perdit instantanément sa couleur, et je vis son pouls battre sur sa tempe. Ses mains se crispèrent si violemment qu'il en déchira le journal. Cela montrait bien qu'il ne savait pas que la Toupie était mort, mais pouvait aussi signifier qu'il n'avait pas imaginé que le cadavre puisse remonter, et qu'il se rendait soudain compte qu'il était dans le pétrin.

– Mon Dieu, c'est ce que je craignais ! s'exclamat-il. C'est pour ça que je voulais… Oh, mon Dieu !

Ce n'était pas à moi qu'il s'adressait et il ne me regardait pas non plus. Il avait sans doute oublié que j'étais dans la même pièce que lui. Il devait penser à son avenir et l'imaginer en train de s'effondrer.

– C'est bien ce que je craignais, répéta-t-il. Je n'arrêtais pas de le lui dire. Il m'avait dit que s'il lui arrivait quelque chose, un de ses amis saurait quoi faire de ces... ces photos. Pourtant, il n'avait rien à craindre de moi, je le lui avais dit. J'aurais payé n'importe quel prix, et il le savait. Mais s'il lui arrivait malheur ? Il n'arrêtait pas de me répéter : « Il vaudrait mieux pour vous que je vive éternellement. »

Huysendahl posa son regard sur moi, puis ajouta :

— Et maintenant il est mort. Et vous, qui êtes-vous ?

— Matthew Scudder.

— Vous êtes de la police ?

— Non, j'en suis parti depuis quelques années.

— Je ne comprends pas, dit-il en clignant des yeux, je ne comprends pas pourquoi vous êtes ici.

Il avait l'air complètement perdu, impuissant, et je n'aurais pas été surpris s'il s'était mis à pleurer.

— Je travaille en free-lance, lui expliquai-je. Je rends service aux gens, comme ça je me fais quelques dollars de temps en temps.

— Vous êtes détective privé ?

— Oh, rien d'aussi officiel. Disons plutôt que je m'efforce de garder bien ouverts les yeux et les oreilles.

— Je vois.

— Et voilà que je tombe sur ce truc qui parle de mon vieux copain Jablon la Toupie, et je me dis que ça pourrait me permettre de rendre service à quelqu'un. A vous, en fait.

— Ah.

— J'ai pensé que la Toupie avait peut-être quelque chose que vous aimeriez posséder. Vous savez, quand on regarde bien autour de soi, on ne sait jamais sur quoi on va tomber. Je me suis même imaginé qu'il y aurait une récompense à la clé.

— Je vois, répéta-t-il.

Il allait ajouter quelque chose, mais le téléphone sonna. Il décrocha et voulut demander à sa secrétaire de ne plus lui transmettre d'appels, mais comme c'était Son Honneur qui était à l'autre bout, il ne se défila pas. Je tirai un siège et m'assis pendant que Theodore Huysendahl discutait avec le maire de New York. Je ne prêtai pas vraiment attention à leur conversation. Après avoir raccroché, Huysendahl prit l'interphone pour prévenir qu'il ne prendrait plus d'appels jusqu'à nouvel ordre. Puis il se retourna vers moi en soupirant bruyamment et reprit :

— Vous pensiez donc qu'il y aurait une récompense ?

J'approuvai en hochant la tête.

— En compensation du temps passé et de quelques dépenses…

— Vous êtes l'ami dont Jablon m'a parlé ?

— J'étais de ses amis, oui.

— Vous avez les photos ?

— Disons que je crois savoir où elles se trouvent.

Le front appuyé sur la paume de la main, il se mit à se gratter la tête. Il avait les cheveux châtains, coupés ni trop court ni trop long. Tout comme ses prises de positions politiques, sa coiffure était conçue pour ne gêner personne. Il me regarda par-dessus ses lunettes et soupira de nouveau.

— Je suis prêt à payer une somme substantielle.pour récupérer ces photos, dit-il d'un ton calme.

— Cela ne me surprend pas.

— La récompense serait même… généreuse.

— C'est ce que j'espérais entendre.

— J'ai les moyens de vous offrir une récompense généreuse, monsieur… quel est votre nom, déjà ?

— Matthew Scudder.

— Ah oui, c'est vrai. Pourtant, d'habitude je retiens facilement les noms.

Il plissa les yeux, puis ajouta :

— Comme je viens de vous le dire, j'ai les moyens

de vous offrir une récompense généreuse. Je ne peux pas admettre que ces photos restent en circulation plus longtemps.

Huysendahl prit une profonde inspiration, se redressa sur son fauteuil et déclara :

– Je vais bientôt devenir gouverneur de l'Etat de New York.

– C'est ce que disent beaucoup de gens.

– Et ils vont être de plus en plus nombreux à le faire. J'en ai les compétences, j'ai des projets, de grandes ambitions. Je ne suis pas un pantin aux ordres de ceux qui lui apportent leur soutien financier. Je suis assez riche pour être indépendant et je n'ai pas l'intention d'utiliser les fonds publics pour mon profit personnel. Je ferai un excellent gouverneur. L'Etat a besoin d'un leader, et je pourrais…

– Il n'est pas impossible que je vote pour vous.

Il sourit piteusement.

– Je crois que le moment n'est pas idéalement choisi pour prononcer un discours, n'est-ce pas ? Surtout avec tous les efforts que je fais en ce moment pour convaincre les gens que je ne serai pas candidat. Mais je tiens à ce que vous mesuriez l'importance que j'attache à tout cela, monsieur Scudder.

Je ne fis pas de commentaire.

– Pour ce qui est de la récompense, reprit-il, à quel montant pensiez-vous ?

– Je préférerais que vous me fassiez une proposition. Evidemment, plus elle serait élevée, plus je serais prêt à faire des efforts.

Il joignit les mains pour réfléchir.

– Cent mille dollars.

– Vous êtes très généreux.

– Voilà ce que je suis prêt à payer, en échange de la restitution de tous les documents, sans exception.

– Comment pourriez-vous être sûr de tout avoir ?

– J'y ai réfléchi. Le problème se posait déjà avec Jablon. Mais nos négociations étaient compliquées par le malaise que me causait sa présence. Je sentais d'instinct que je serais perpétuellement à sa merci. Je savais que si je lui donnais une somme importante, il finirait par la dépenser et qu'il reviendrait me demander de l'argent. Comme tous les maîtres-chanteurs, sans doute.

– En général, oui.

– Alors, j'avais décidé de lui donner, chaque semaine, une enveloppe contenant des billets usagés dont les numéros ne se suivaient pas, comme si je payais une rançon. En un sens, c'en était une. La rançon de mon avenir.

Huysendahl se laissa aller en arrière dans son fauteuil pivotant et ferma les yeux. Il avait une bonne tête et son visage était celui d'un homme solide. On aurait pourtant dû y déceler ses faiblesses, car il avait montré qu'il pouvait être faible et, tôt ou tard, le caractère d'une personne s'inscrit sur son visage. Chez certains, cela met plus longtemps que chez d'autres. Sur le sien, on ne pouvait pas encore repérer la faille.

– C'était la rançon de tout mon avenir, enchaîna-t-il. Chaque semaine, je payais, et ce n'était pas un problème (de nouveau un petit sourire piteux), car je considérais cela comme des dépenses de campagne. Une sorte de campagne électorale permanente. Je n'étais pas inquiet d'être à la merci de M. Jablon, mais de ce qui pouvait m'arriver s'il venait à mourir. Mon Dieu, tant de gens meurent chaque jour ! Savez-vous combien de New-Yorkais sont assassinés en moyenne chaque jour ?

– Autrefois, c'était trois, répondis-je. Un homicide toutes les huit heures environ. Mais ça a dû augmenter.

– D'après mes chiffres, on en est à cinq.

– Davantage en été. En juillet dernier, il me semble qu'on en a compté plus d'une cinquantaine en une semaine. Dont quatorze en une seule journée.

– Oui, je me souviens de cette semaine-là.

Il détourna le regard quelques instants, apparemment perdu dans ses pensées. Je ne savais pas s'il réfléchissait au moyen de faire baisser le nombre de meurtres quand il serait gouverneur ou s'il se demandait comment ajouter mon nom à la liste des victimes. Puis il m'interrogea :

– Dois-je être certain qu'il a été assassiné ?

– Je ne vois pas comment vous pouvez en douter.

– Je savais bien que cela arriverait. J'en éprouvais une inquiétude permanente. Ce genre de personne a évidemment plus de chances qu'une autre de se faire tuer. Je suis sûr que je n'étais pas sa seule victime.

Huysendahl prononça cette dernière phrase en la faisant sonner comme une question et attendit que je confirme ses suppositions.

Je ne répondis rien, il poursuivit donc :

– Je n'aimais pas être obligé de donner de l'argent à ce type obséquieux, mais l'idée de ne plus pouvoir le faire était bien pire encore. Et même s'il n'avait pas été tué, tout le monde finit par y passer, monsieur Scudder. Personne ne vit éternellement. Il pouvait mourir de toutes sortes de façons, de n'importe quoi, d'une overdose, par exemple.

– Je ne pense pas qu'il se droguait.

– Mais vous comprenez ce que je veux dire.

– Il aurait pu se faire renverser par un bus ?

– Exactement.

Il poussa encore un long soupir et dit :

– Je ne pourrai pas supporter que cette histoire recommence. Alors voyons comment régler les choses

66

dans le détail. Si vous récupérez tout, je vous paie ce que j'ai dit. Cent mille dollars, qui vous seront versés comme vous l'entendrez. Sur un compte privé dans une banque suisse, ou bien cash, de la main à la main. En échange de tout, absolument tout ce qui existe, et de votre silence absolu.

– Ce n'est pas bête.

– C'est aussi mon avis.

– Mais qu'est-ce qui vous garantit que vous en aurez pour votre argent ?

Il m'observa attentivement avant de répondre.

– Je sais généralement assez bien juger à qui j'ai affaire.

– Et vous pensez que je suis honnête ?

– Loin de là. Sans vouloir vous offenser, monsieur Scudder, mais je serais quelque peu naïf si j'en arrivais si vite à une telle conclusion, vous ne croyez pas ?

– Probablement.

– Je pense que vous êtes un homme intelligent. Alors, je vais être très clair. Je vous paierai ce que j'ai dit. Mais si, à quelque moment que ce soit, vous cherchiez à m'extorquer à nouveau de l'argent, sous quelque prétexte que ce soit, je prendrais contact avec... disons certaines personnes. Qui vous tueraient

– Cela pourrait vous attirer des ennuis.

– C'est possible. Mais il se peut aussi que j'occupe alors une fonction qui m'oblige à courir ce risque. Et je vous ai dit que je vous croyais intelligent. Il me semble que vous serez assez compréhensif pour ne pas chercher à savoir si je bluffe ou pas. Cent mille dollars, cela devrait être suffisant. Je ne pense pas que vous seriez assez sot pour vouloir forcer votre chance.

Je réfléchis un moment en hochant gravement la tête.

– J'ai une question.

– Allez-y.

– Pourquoi n'avez-vous pas voulu faire cette proposition à la Toupie ?

– J'y ai pensé.

– Mais vous ne lui avez rien dit.

– Non, monsieur Scudder, je ne lui ai rien dit.

– Pourquoi ?

– Parce que j'ai pensé qu'il n'était pas assez intelligent.

– Vous aviez sans doute raison.

– Pourquoi dites-vous cela ?

– Il a fini dans l'East River, répondis-je. Ce n'était pas très malin de sa part.

8

Nous étions jeudi. Je sortis du bureau de Huysendahl peu avant midi et réfléchis à la suite des événements. Tous les trois avaient été prévenus, ils savaient
qui j'étais et où me trouver. Pour ma part, j'avais
glané quelques indications sur les méthodes de la
Toupie, mais pas grand-chose d'autre. Prager et
Ethridge ne semblaient pas être au courant de la mort
de Jablon. La surprise et la consternation de Huysendahl, lorsqu'il l'apprit par le journal, m'avaient paru
sincères. Jusqu'à présent, j'avais surtout réussi à me
transformer en cible vivante, et n'étais même pas sûr
de parvenir à mes fins. Je m'étais peut-être présenté
comme un maître-chanteur trop raisonnable. De plus,
l'un de mes pigeons avait commis un meurtre, mais
les choses ne s'étant pas déroulées comme prévu,
cela le dissuaderait peut-être de recommencer. Enfin,
je pouvais, si je le voulais, récolter les cinquante
mille dollars de Beverly Ethridge, plus le double que
m'offrait Ted Huysendahl, plus la somme dont je
devais convenir avec Henry Prager, et en rester là.
Tout cela aurait sans doute été très bien, s'il n'y avait
pas eu autre chose. Mon but n'était pas de devenir
riche. Ce que je voulais, c'était piéger un assassin.

Le week-end se déroula sans histoire. Je passai
quelques heures à la bibliothèque, dans la salle des

microfilms, à éplucher d'anciens numéros du *Times*, mais je ne récoltai que des renseignements sans importance sur mes trois suspects, leur famille et leurs amis. A côté d'un article sur un centre commercial auquel Prager avait travaillé, il y en avait un autre qui mentionnait mon nom. Il relatait une arrestation importante à laquelle j'avais participé, un an environ avant de quitter mes fonctions. Avec l'aide d'un collègue, j'avais coincé un trafiquant d'héroïne, un grossiste en possession d'une quantité de came absolument pure qui aurait suffi à faire crever d'overdose la ville entière. J'aurais lu l'article avec plaisir si je n'avais pas su comment l'histoire s'était terminée. Le dealer avait un bon avocat, et les poursuites avaient été abandonnées à cause d'une erreur de procédure. A l'époque, la rumeur voulait que le juge ait touché vingt-cinq mille dollars pour s'être montré compréhensif.

On apprend à prendre ce genre d'histoire avec philosophie. Nous avions échoué à mettre ce salaud derrière des barreaux, mais il en était quand même pour ses frais. Il avait dû débourser vingt-cinq mille dollars pour le juge, au moins dix ou quinze mille pour l'avocat, et, comme nous avions embarqué sa marchandise, il avait perdu ce qu'il avait payé à l'importateur, plus le profit qu'il espérait tirer de la revente. J'aurais été vraiment content s'il avait fini en taule, mais il faut bien se contenter de ce qu'on a. C'est ce que pensait sans doute le juge.

Le dimanche, je pris le téléphone pour appeler un numéro que je connaissais par cœur. Ce fut Anita qui décrocha. Je lui dis que je lui avais expédié un mandat.

– J'ai déniché quelques dollars.

– On en fera bon usage, répondit-elle. Merci. Tu veux parler aux garçons ?

J'en avais envie et pas envie. J'ai un peu moins de mal à communiquer avec eux maintenant qu'ils sont devenus grands, mais, au téléphone, c'est encore un peu problématique. Finalement, nous parlâmes basket-ball.

Juste après avoir raccroché, une étrange idée me traversa l'esprit. Je me dis que cela avait peut-être été notre dernière conversation. La Toupie était prudent de nature, il s'était consciencieusement efforcé de ne pas se faire remarquer, il recherchait l'ombre et s'y trouvait très bien, et malgré cela il n'avait pas été suffisamment prudent. Quant à moi, j'aimais les espaces dégagés, et j'étais d'ailleurs obligé de rester à découvert pour inciter le meurtrier de la Toupie à agir. S'il décidait de me flinguer, il avait ses chances.

J'avais peut-être pris trop de risques et j'eus soudain envie de rappeler mes fils. Je pensai que j'avais certainement quelque chose d'important à leur dire, mais ne parvins pas à trouver quoi. Quelques minutes passèrent, et finalement le besoin s'estompa.

Je bus beaucoup ce soir-là. Heureusement que personne ne chercha à me descendre. Ça n'aurait pas posé le moindre problème.

Le lundi matin, j'appelai Prager. Je lui avais laissé une grande marge de manœuvre, et il était temps de donner un tour de vis. Sa secrétaire me répondit qu'il était en ligne et me demanda si je voulais bien patienter. J'attendis une ou deux minutes. Puis elle me reprit pour voir si j'étais toujours là et finit par me le passer.

71

– J'ai trouvé comment nous allons nous arranger pour que vous ayez des garanties, annonçai-je. J'ai eu un problème avec la police, mais ils n'ont jamais eu assez de preuves contre moi. (Il ne savait pas que j'avais moi aussi été flic.) Je peux rédiger des aveux en incluant assez de détails pour qu'il n'y ait plus aucun doute. Comme ça, nous pourrons régler nos affaires.

Cela ressemblait en gros à ce que j'avais déjà prévu de faire avec Beverly Ethridge et, comme elle, Prager fut convaincu par ma proposition. Ni l'un ni l'autre n'avait soupçonné que le jeu était truqué : je pouvais très bien avouer un crime que je n'avais jamais commis et donner toutes sortes de précisions pour rendre la lecture de ma confession intéressante, sans me mettre pour autant à la merci du lecteur. Prager ne chercha pas plus loin, et l'idée lui plut.

Ce qu'il apprécia moins, ce fut le prix que je fixai.

– C'est impossible.

– C'est plus commode que de payer par petits bouts. Vous donniez à Jablon deux mille dollars par mois. Vous me payez soixante mille en une fois, c'est-à-dire moins que ce que vous lui auriez donné en trois ans, et tout est fini pour de bon.

– Je ne peux pas réunir autant d'argent.

– Vous trouverez bien un moyen, Prager.

– Je n'y arriverai pas.

– Ne dites pas de bêtises. Vous êtes connu dans la profession, vous avez réussi. Vous avez certainement de quoi garantir un emprunt.

– Je ne peux pas. (Sa voix s'étrangla.) J'ai eu des difficultés… financières. Des investissements qui n'ont pas rapporté ce que j'en espérais. Avec la crise, on construit moins, les taux d'intérêt deviennent déments, rien que la semaine dernière le taux de base a été relevé à dix pour cent…

– Je n'ai pas besoin d'un cours d'économie, monsieur Prager. Je veux soixante mille dollars.

– J'ai déjà emprunté tout ce que je pouvais.

Il y eut un silence, puis il dit :

– Je ne peux pas, je n'ai plus…

– J'aurai besoin de cet argent assez rapidement, le coupai-je. Je ne tiens pas à rester à New York plus longtemps que nécessaire.

– Je…

– Faites travailler votre tête. Je vous recontacterai.

Je raccrochai et passai quelques minutes assis dans la cabine, jusqu'à ce que quelqu'un qui désirait téléphoner frappe impatiemment sur la vitre. J'ouvris la porte et me redressai. J'eus l'impression que l'homme en face de moi allait dire quelque chose, mais, après m'avoir bien regardé, il changea d'avis.

Ce que je venais de faire ne m'amusait pas beaucoup. J'étais en train de passer Prager à l'essoreuse. S'il avait tué la Toupie, il l'avait peut-être bien cherché. Mais si ce n'était pas lui, je le torturais sans raison, et cette idée ne me plaisait pas du tout.

Au moins une chose ressortait de notre conversation : il avait des soucis financiers. Et si la Toupie avait, lui aussi, exigé une solution définitive et réclamé une grosse part de gâteau avant de quitter rapidement la ville pour prendre son meurtrier de vitesse ? Il n'en avait peut-être pas fallu davantage pour pousser à bout Henry Prager.

J'avais failli l'éliminer de ma liste de suspects quand je l'avais rencontré dans son bureau, ne voyant pas quel mobile pouvait le pousser à agir. A présent, il me semblait qu'après tout il en avait peut-être un bon.

Et je venais juste de lui en fournir un autre.

Un peu plus tard, je téléphonai à Huysendahl. Comme il était sorti, je laissai mon numéro et il me rappela vers deux heures.

– Je sais bien que je n'étais pas censé vous appeler, lui dis-je, mais j'ai de bonnes nouvelles à vous annoncer.

– Ah?

– J'ai de bonnes raisons de réclamer la récompense.

– Vous avez réussi à tout récupérer?

– Absolument.

– Vous avez fait vite.

– Rien qu'une simple enquête de routine et un peu de chance.

– Je vois. Vous savez, cela va me prendre un moment pour collecter ce que je vous dois.

– Je n'ai pas beaucoup de temps, monsieur Huysendahl.

– Vous devez quand même vous montrer raisonnable. La somme dont nous parlons est assez conséquente.

– J'ai cru comprendre que vous disposiez de moyens tout aussi conséquents.

– Certainement, mais pas en liquide. Il n'est pas donné à tous les hommes politiques d'avoir un ami en Floride dont le coffre-fort personnel recèle autant d'argent.

Il se mit à rire à l'autre bout du fil, et sembla déçu que je n'en fasse pas autant.

– Il me faut du temps, reprit-il.

– C'est-à-dire?

– Un mois au plus. Sans doute moins que cela.

Mon rôle me devenait de plus en plus naturel :

– C'est trop long, lui répondis-je.

– Vraiment? Vous êtes si pressé?

– Extrêmement. Je dois quitter la ville. Le climat ne me convient pas.

– Pourtant, il a fait plutôt doux ces derniers jours.

– C'est justement là le problème. Il fait trop chaud.

– Vous trouvez ?

– Je n'arrête pas de penser à ce qui est arrivé à notre ami commun, et je ne tiens pas à subir le même sort.

– Il a dû contrarier quelqu'un.

– Monsieur Huysendahl, il se trouve que, moi aussi, j'ai contrarié quelques personnes, alors, ce que je veux, c'est me tirer d'ici avant la fin de la semaine.

– Je ne vois pas comment cela serait envisageable.

Huysendahl fit une pause, puis reprit :

– Vous pourriez partir, puis revenir chercher la récompense une fois que les choses se seraient calmées…

– Je n'ai pas envie de procéder de cette façon.

– Tout ce que vous dites m'inquiète, vous comprenez. L'accord que nous avons négocié implique quelques compromis et vous devriez vous montrer plus compréhensif.

– Un mois, c'est vraiment trop long.

– Je pourrais peut-être y arriver en quinze jours.

– Il va bien falloir.

– Cela ressemble désagréablement à une menace.

– Vous n'êtes pas la seule personne à m'offrir une récompense, voyez-vous.

– Cela ne m'étonne pas.

– Bon. Et si j'étais obligé de quitter la ville avant de pouvoir encaisser ce que vous me devez, eh bien… on ne sait jamais ce qui pourrait arriver.

– Ne faites pas de bêtises, Scudder.

– Oh, je n'ai pas l'intention d'en faire. Je crois que ni vous ni moi n'avons intérêt à en faire.

Je repris mon souffle et ajoutai :

— Ecoutez, monsieur Huysendahl, je suis certain que nous allons trouver une solution à toute cette affaire.

— Je le souhaite sincèrement.

— Si nous disions quinze jours ?

— Ça me paraît difficile.

— Vous pensez quand même y arriver ?

— Je peux toujours essayer. J'espère y parvenir.

— Je l'espère aussi. Vous savez où me joindre.

— Oui, dit-il. Je sais où vous joindre.

Je raccrochai et me servis à boire. Juste un petit verre. J'en bus la moitié et décidai de garder le reste au frais. Le téléphone sonna. J'éclusai le reste de mon bourbon et décrochai. Je pensais que ce serait Prager, c'était Beverly Ethridge.

— Allô, Matt ? C'est Bev. J'espère que je ne vous réveille pas ?

— Pas du tout.

— Il y a quelqu'un avec vous ?

— Non, pourquoi ?

— Je me sens toute seule.

Je ne répondis pas. Je repensai à notre rencontre, au moment où, assis en face d'elle, je lui avais fait comprendre qu'elle ne me séduisait guère. Sur le moment, j'avais réussi à la convaincre. Mais je n'étais pas dupe. Cette femme savait très bien arriver à ses fins. Elle continua :

— J'espérais que nous pourrions nous retrouver, Matt. Il y a certaines choses dont nous devrions discuter.

— D'accord.

— Seriez-vous libre à sept heures ce soir ? Avant, j'ai des rendez-vous.

— Cela me convient tout à fait.

— Au même endroit ?

Je me rappelai ce que j'avais ressenti au bar de l'hôtel Pierre. Cette fois, nous nous retrouverions sur mon territoire. Mais pas à l'Armstrong's. Ce n'est pas là que je pensais l'emmener.

– Je connais un endroit qui s'appelle le Polly's Cage. Dans la 57e Rue, à mi-chemin de la Huitième et de la Neuvième Avenue, sur le trottoir sud.

– Le Polly's Cage ? Quel nom !

– C'est mieux que ça en a l'air.

– Je vous y retrouve à sept heures. L'adresse que vous venez de m'indiquer… C'est à côté de votre hôtel, non ?

– Juste en face.

– Très pratique, dit-elle.

– Pour moi, c'est commode.

– Ça sera peut-être commode pour tous les deux, Matt.

Je sortis prendre un verre et manger quelque chose. Vers six heures, je rentrai à l'hôtel. Je m'arrêtai à la réception, Benny m'apprit que j'avais reçu trois appels mais que personne n'avait laissé de message.

Je n'étais pas dans ma chambre depuis dix minutes que le téléphone sonnait. Je décrochai.

– Scudder ? dit une voix que je ne reconnus pas.

– Qui êtes-vous ?

– Tu devrais faire très attention à toi. Tu t'emballes et tu fais qu'embêter le monde.

– On se connaît ?

– Aucune importance. Souviens-toi seulement que le fleuve est grand et très profond. Tu voudrais pas essayer d'y nager tout seul, si ?

– C'est quoi, ce baratin ?

Clic. On avait raccroché.

9

J'arrivai au Polly's avec quelques minutes d'avance. J'y trouvai quatre hommes et deux femmes installés au comptoir. Derrière celui-ci, Chuck riait poliment, en réponse à ce qu'une des dames venait de raconter. Dans le juke-box, Sinatra demandait qu'on envoie les clowns.

L'endroit n'est pas très grand. Le bar se trouve à droite en entrant. A gauche, derrière une balustrade, il y a une estrade sur toute la longueur de la pièce, avec une douzaine de tables. A cette heure, aucune n'était encore occupée. Là où s'interrompait la balustrade, je montai quelques marches et allai m'installer le plus loin possible de la porte.

Le Polly's s'anime généralement vers cinq heures, quand les assoiffés sortent du bureau. Les vrais buveurs restent plus tard que les autres, mais comme peu de passants s'y arrêtent, le bar ne fait pas beaucoup d'affaires et ferme généralement assez tôt. De plus, Chuck servant des verres bien tassés, les habitués de cinq heures sont rapidement assommés. En fin de semaine, la bande des Dieu-Merci-C'est-Vendredi s'obstine à rester plus tard, mais, les autres soirs, la boutique ferme à minuit, et, le week-end, ils ne se fatiguent même pas à ouvrir. C'est juste un bar parmi d'autres dans le quartier, pas le bar du quartier.

Je commandai un double bourbon et en avais descendu la moitié quand elle entra. Ne m'apercevant pas immédiatement, elle hésita quelques instants près de la porte ; aussitôt les conversations s'éteignirent et les visages se tournèrent vers elle. Elle ne semblait pas se rendre compte qu'elle attirait l'attention, ou y était tellement habituée qu'elle ne relevait même plus. Finalement, elle me vit, s'approcha et s'assit en face de moi. Au comptoir, on avait compris qu'elle n'était pas disponible et les conversations reprirent.

Son manteau quitta ses épaules pour finir sur le dossier de sa chaise. Elle portait un pull rose fluo. La couleur lui allait très bien, comme le vêtement. Elle sortit un briquet et un paquet de cigarettes de son sac à main. Cette fois-ci, elle n'attendit pas que je lui en allume une. Elle inhala profondément la fumée, en souffla une mince colonne et la regarda avec intérêt s'élever vers le plafond.

La serveuse vint prendre sa commande, elle demanda un gin tonic.

– Je suis en avance d'une saison, dit-elle, mais il fait vraiment trop froid dehors pour boire ce qu'on prend d'habitude en été. De toute façon, comme je suis plutôt du genre chaleureux, je ne risque rien. Vous n'êtes pas d'accord ?

– Certainement, madame Ethridge.

– Pourquoi ne vous rappelez-vous jamais que j'ai un prénom ? Les maîtres-chanteurs ne devraient pas faire tant de manières avec leurs victimes. Cela ne me pose pas de problèmes de vous appeler Matt. Alors pourquoi refusez-vous de m'appeler Beverly ?

Je haussai les épaules. Je n'étais pas très sûr de la réponse. J'avais du mal à faire la part des choses entre ma réaction spontanée et le rôle que j'avais décidé de jouer. J'aurais pu lui dire que si je ne voulais pas, c'était avant tout parce qu'elle me le demandait, mais ça n'aurait fait qu'appeler d'autres questions.

On lui apporta son gin tonic. Elle éteignit sa cigarette et but une gorgée. Elle inspira profondément, et sous le pull rose sa poitrine se souleva et s'abaissa.

– Matt ?

– Quoi ?

– J'ai essayé de trouver un moyen d'obtenir l'argent.

– Tant mieux.

– Ça va me prendre un certain temps.

Avec chacun j'avais joué le coup de la même façon, et tous les trois me répondaient la même chose. Ils étaient tous riches, mais aucun ne parvenait à réunir quelques dollars. Peut-être le pays allait-il vraiment très mal et la situation économique était-elle aussi dramatique qu'on le disait.

– Matt ?

– Il me faut l'argent tout de suite.

– Espèce de salaud, vous ne comprenez donc pas que j'aimerais en finir avec ça le plus vite possible ? La seule solution serait de demander à Kermit, mais je ne peux pas lui dire que j'ai besoin de cinquante mille dollars sans lui expliquer pourquoi.

Elle baissa les yeux, puis ajouta :

– De toute façon, il ne les a pas.

– Je croyais qu'il était plus riche que Crésus.

Elle fit non de la tête.

– Pas encore. Il a des revenus assez importants, mais il ne touchera le principal qu'à son trente-cinquième anniversaire.

– C'est-à-dire quand ?

– En octobre. La famille Ethridge a décidé que le legs serait disponible quand le plus jeune enfant aurait atteint trente-cinq ans.

– Et c'est lui le plus jeune ?

– C'est exact. Il en héritera donc en octobre, c'est-à-dire dans six mois. J'ai décidé que je voulais disposer d'un compte personnel et nous en avons déjà discuté. Comme ça, je ne serai pas aussi dépendante de lui que maintenant. Il arrive à comprendre ce genre d'exigence, et il m'a plus ou moins donné son accord. Donc, j'aurai de l'argent au mois d'octobre, je ne sais pas encore combien, mais j'imagine que ce sera plus de cinquante mille dollars, et je pourrai enfin régler mes histoires avec vous.

– En octobre…

– Oui.

– Ceci dit, vous n'en disposerez pas tout de suite. Il y aura d'abord toute la paperasse. Octobre est dans six mois et il faudrait en attendre six de plus avant que vous ayez l'argent.

– Vous croyez que ça prendra si longtemps ?

– Largement. Nous ne parlons donc plus de six mois mais d'un an, et c'est beaucoup trop long, madame Ethridge. Un mois, c'est déjà trop, vous comprenez ? Je veux quitter cette ville.

– Pourquoi ?

– Je n'aime pas le climat.

– Mais nous sommes au printemps, Matt. Et c'est le plus beau moment de l'année à New York.

– Ça n'empêche rien.

Elle ferma les yeux, et j'observai son visage détendu. L'éclairage de l'endroit la mettait en valeur. Avec ces chandelles électriques allumées par deux au mur, contre le papier peint moucheté de rouge… Au comptoir, l'un des hommes se leva et ramassa sa monnaie, s'apprêtant à partir. Il dit encore quelque chose, et l'une des femmes se mit à rire bruyamment. Un autre homme entra. Quelqu'un glissa une pièce dans le juke-box, et ce fut au tour de Lesley Gore de chanter que c'était sa fête et qu'elle pleurerait si elle en avait envie.

– Il faut me donner du temps.

– Je n'en ai pas assez pour vous en donner.

– Pourquoi devez-vous quitter New York ? De quoi avez-vous peur ?

– De la même chose que la Toupie.

– Vers la fin, il était très nerveux, admit-elle en hochant la tête. Au lit, cela rendait les choses encore plus intéressantes.

– Je n'en doute pas.

– Je sais que je n'étais pas sa seule victime, il me l'avait fait comprendre. Est-ce que vous avez tout repris en main, Matt ? Ou bien ne vous occupez-vous que de moi ?

– C'est une excellente question, madame Ethridge.

– Je trouve aussi. Qui l'a tué, Matt ? Un autre de ses clients ?

– Vous voulez dire qu'il est mort ?

– Je lis les journaux.

– Ah oui, c'est vrai. J'oubliais qu'on y trouve parfois votre photo.

– Oui, je n'ai vraiment pas eu de chance ce jour-là. C'est vous qui l'avez tué, Matt ?

– Pour quoi faire ?

– Pour prendre la main, par exemple. Dès le début, j'ai pensé que vous l'aviez descendu. Et puis j'ai lu qu'on l'avait repêché dans le fleuve. C'est vous qui l'avez tué ?

– Non. Et vous ?

– Bien sûr, avec mon petit arc et mes flèches. Ecoutez, si vous attendez un an, je vous donne le double. Cent mille dollars. Ce n'est pas mal, comme intérêts.

– Je préférerais avoir du liquide maintenant et l'investir moi-même.

– Je vous ai dit que je ne l'avais pas.

– Et votre famille ?

– Quoi, ma famille ? Ils n'ont pas d'argent.

– Je croyais que votre père était un homme riche ?

Pendant un instant elle perdit son assurance et chercha à le dissimuler en allumant une autre cigarette. Nos verres étaient vides. Je fis signe à la serveuse, qui nous resservit la même chose. Je lui demandai s'il y avait du café chaud. Elle me répondit que non, mais qu'elle nous en ferait une pleine cafetière si nous le désirions. Il était clair qu'elle espérait que nous n'insisterions pas. Je lui dis que ça irait comme ça.

– Mon arrière-grand-père était très riche, reprit Beverly Ethridge.

– Ah, oui ?

– Mais mon père a suivi les traces de son père. Il connaissait l'art de dilapider un million de dollars. J'ai été élevée dans l'idée que l'argent ne serait jamais un problème. Mon père était riche et je n'avais jamais de raison de m'inquiéter. C'est comme ça que tout ce qui m'est arrivé en Californie a pu s'arranger. Grâce à lui, je pouvais toujours être libérée sous caution. Ce qui était grave ne m'apparaissait plus comme tel.

– Et que s'est-il passé ?

– Il s'est suicidé.

– Comment ?

– Sa voiture était dans un garage dont il avait fermé la porte. Il s'est installé au volant et il a laissé tourner le moteur. Ça ou autre chose d'ailleurs, qu'est-ce que ça peut faire ?

– Evidemment. Je me demande toujours comment s'y prennent les gens, c'est tout. Vous savez, les docteurs qui veulent mettre fin à leurs jours se servent presque toujours d'armes à feu. Pourtant, ils auraient les moyens de faire ça le plus simplement, le plus proprement du monde, avec une overdose de morphine ou autre chose dans le genre, mais non, ils préfèrent se faire sauter la cervelle et tout saloper. Pourquoi est-ce qu'il s'est tué ?

– Parce qu'il était fauché.

Elle prit son verre, mais s'arrêta à mi-chemin de sa bouche.

– C'est pour ça que je suis revenue sur la côte Est, reprit-elle. Tout à coup il était mort, et il ne nous léguait que des dettes. L'assurance était suffisante pour que ma mère ait de quoi vivre décemment. Elle a vendu sa maison et emménagé dans un appartement. Avec ce qui lui reste et la sécurité sociale, elle arrive à s'en sortir.

Beverly Ethridge but de longues gorgées, puis ajouta :

– Je ne veux plus parler de ça.

– Pas de problème.

– Si vous montriez ces photos à Kermit, vous n'obtiendriez rien. Vous vous couperiez l'herbe sous les pieds, c'est tout. Il ne vous les achèterait pas, parce que ma réputation l'indiffère. Ce qui compte, c'est sa réputation à lui, ce qui veut dire qu'il se débarrasserait de moi, et pour se trouver une nouvelle femme, aussi insensible que lui.

– Peut-être.

– Cette semaine, il participe à un tournoi de golf, entre amateurs et professionnels. Ils organisent ça la veille des tournois officiels. Son partenaire est un golfeur professionnel, et s'ils gagnent, le pro récolte quelques dollars et Kermit la gloire. Le golf est sa première passion.

– Je croyais que c'était vous.

– Moi, je fais partie de la décoration. Disons que je sais me tenir correctement. Quand je veux.

– Quand il faut ?

– Voilà. Il a déjà quitté la ville pour aller s'entraîner, alors je suis libre de faire ce dont j'ai envie, sans avoir à demander la permission.

– C'est pratique.

Elle soupira.

– J'ai l'impression que ce n'est pas encore ce soir qu'on couchera ensemble, hein ?

– J'ai bien peur que non.

– Dommage. Chez moi, c'est un besoin. Et, en plus, je fais ça drôlement bien. Merde ! Cent mille dollars d'ici un an, ça fait beaucoup d'argent, non ?

– Un tiens vaut mieux que deux tu l'auras.

– J'aimerais pourtant bien savoir comment vous coincer. Le lit, ça ne marche pas, et je n'ai pas d'argent. J'ai juste quelques dollars sur un compte-épargne, et ceux-là sont à moi.

– Combien ?

– Dans les huit mille dollars. Ça fait longtemps que je n'ai pas comptabilisé les intérêts. Je suis censée ramener mon livret une fois par an, mais je ne l'ai jamais fait. Je pourrais déjà vous donner ce que j'ai, comme avance…

– D'accord.

– Dans une semaine ?

– Pourquoi pas demain ?

Elle fit non de la tête.

– Pour l'instant tout ce que je peux acheter, c'est un peu de temps, n'est-ce pas ? Alors, disons que j'achète une semaine de silence. Et dans une semaine vous aurez l'argent.

– Je n'ai aucune garantie que ce compte existe pour de bon.

– Non, c'est exact.

Je passai un moment à réfléchir.

– D'accord, dis-je enfin. Huit mille dollars dans une semaine. Mais je n'attendrai pas un an que vous me donniez le reste.

– Je pourrais peut-être faire des passes, dit-elle. Disons quatre cent vingt à cent dollars le coup ?

– Pourquoi pas quatre mille deux cents à dix ?

– Salaud.

– Huit mille. Dans une semaine.

– Vous les aurez.

Je lui proposai de l'accompagner jusqu'à un taxi. Elle me répondit qu'elle se débrouillerait toute seule, mais que je pouvais payer les consommations. Après son départ, je restai encore un moment au bar, puis je réglai la note et sortis. Je traversai la rue et m'arrêtai à la réception pour voir si Benny avait des messages pour moi. Ce n'était pas le cas, mais un homme avait appelé sans laisser son nom. Je me demandai si c'était celui qui avait menacé de me jeter dans le fleuve.

Je poussai jusqu'à l'Armstrong's et m'installai à ma table habituelle. L'endroit était bondé pour un lundi. La plupart des têtes m'étaient connues. Je pris un bourbon avec du café et, au bout d'un moment passé à observer la foule des clients, j'aperçus un visage que je crus reconnaître sans pourtant qu'il me soit familier. Quand Trina repassa parmi les tables, je lui fis signe d'approcher. Elle arriva les sourcils levés, l'air interrogateur, ce qui accentuait ses traits félins.

– Ne te retourne pas tout de suite, lui dis-je. Juste en face, au bar, le type entre Gordie et l'autre avec la veste en jean.

– Qu'est-ce qu'il a ?

– Sans doute rien. Mais ce serait bien si tu allais le voir de près, dans un petit moment.

– Et après, Capitaine ?

– Après, tu viens au rapport.

– Oui, chef.

Je continuai à regarder vers la porte tout en observant mon bonhomme à la dérobée. Je ne rêvais pas : il me jetait sans arrêt des coups d'œil. Comme il était assis, je pouvais difficilement juger de sa taille, mais il avait l'air presque assez grand pour faire un joueur de basket-ball. Visage hâlé par le grand air, cheveux couleur sable très longs, au goût du jour. Je ne voyais pas les détails de son visage, il était à l'autre bout de la pièce, mais j'eus l'impression d'être en face d'un type calme et efficace, un vrai dur.

Trina réapparut avec un verre que je n'avais pas commandé.

– Je connais l'art du camouflage, dit-elle en le posant devant moi. Je l'ai observé sous toutes les coutures. Qu'est-ce qu'il a fait ?

– Je n'en suis pas certain. Tu l'as déjà vu ?

– Je ne crois pas. En fait, je suis sûre que non. Je m'en souviendrais.

– Qu'est-ce qui te fait dire ça ?

– Il ne passe pas vraiment inaperçu. Tu sais à qui il me fait penser ? Au cow-boy Marlboro.

– Le type de la pub ? Je croyais qu'ils en avaient pris plusieurs.

– C'est vrai. Mais ils se ressemblent tous, ces bonshommes. Tu sais, le genre bottes de cuir, chapeau enfoncé sur le crâne, odeur des chevaux et main tatouée ! Il n'a peut-être ni chapeau, ni bottes, ni tatouage, mais c'est du pareil au même. Ne me demande pas s'il sent le cheval, je ne me suis pas approchée assez.

– Je ne me serais jamais permis de te le demander.

– Qu'est-ce qui se passe ? Raconte.

– Je ne suis pas sûr qu'il y ait grand-chose à raconter. Je crois l'avoir vu tout à l'heure, au Polly's.

– Il fait peut-être la tournée des bars.

– Mouais. La même que moi ?

– Et alors ?

Je haussai les épaules.

– Alors, rien. Merci d'avoir joué les espionnes, en tout cas.

– J'ai droit à une décoration ?

– Bien sûr. Et à un pin's décodeur.

– Chouette, dit-elle.

J'attendis qu'il s'en aille. Il était clair qu'il me surveillait. Je ne savais pas s'il avait remarqué mon petit jeu. Je ne voulais pas tourner la tête vers lui.

Il me semblait l'avoir déjà rencontré auparavant. Il m'avait peut-être suivi depuis le Polly's. Je n'étais pas certain de l'y avoir vu, mais si c'était le cas, ce n'était pas difficile d'imaginer qu'il était de mèche avec Beverly Ethridge. Avait-elle organisé le rendez-vous pour qu'il puisse me suivre ? Quand bien même, cela ne prouvait rien. Il me filait peut-être depuis plus longtemps que ça. Je ne me cachais vraiment pas. Tout le monde savait où j'habitais, et j'avais passé toute la journée dans le quartier.

Il était environ neuf heures et demie quand je l'aperçus, peut-être même pas loin de dix heures. J'avais décidé d'attendre qu'il s'en aille, et j'étais prêt à rester jusqu'à ce que Billie ferme. Je me doutais que ce ne serait pas nécessaire, et je ne me trompais pas. Il était près de onze heures lorsqu'il se leva et sortit. Le cowboy Marlboro n'avait pas l'air du genre à perdre son temps dans un bar de la Neuvième Avenue, même si ce bar était aussi sympathique que l'Armstrong's. Son truc, c'était sans doute les longues chevauchées dans les plaines de l'Ouest et, sur le coup de onze heures, il était remonté sur son cheval pour partir au galop vers le soleil couchant.

Quelques minutes après son départ, Trina vint s'asseoir en face de moi. Comme elle n'avait pas fini son service, je ne pouvais pas lui offrir un verre.

— Je viens compléter mon rapport, dit-elle. Billie ne l'a jamais vu non plus. D'ailleurs, il espère ne pas le revoir de si tôt, parce qu'il dit qu'il n'aime pas servir des boissons alcoolisées à des types qui ont des yeux comme les siens.

— C'est-à-dire ?

— Il n'a pas précisé. Tu peux le lui demander, si tu veux. Quoi d'autre ? Ah, oui… il s'est fait servir de la bière. Deux bières en deux heures. De la Wurtzburger brune, si tu tiens à le savoir.

— Pas spécialement.

— Billie m'a aussi dit…

— Merde.

— Billie me dit rarement « merde ». Il m'en sort de bien pires, mais rarement « merde », et ce n'est pas ce qu'il vient de me dire. Qu'est-ce que tu fais ?

Mais je m'étais déjà levé pour aller au comptoir. Billie s'approcha tranquillement de moi, en essuyant un verre avec un torchon.

— Tu bouges vite pour un costaud, étranger.

— Mais ma tête marche au ralenti. Ce client que tu as…

— Le cow-boy Marlboro, c'est comme ça que Trina l'appelle.

— Oui, celui-là. J'espère que tu n'as pas déjà lavé son verre ?

— Si. Ça doit même être celui-là, sauf erreur de ma part… (Il tendit le bras pour me le montrer.) Tu vois ? Parfaitement propre.

— Merde.

– Ça, c'est ce que Jimmie dit quand ils ne sont pas propres. Qu'est-ce qu'il y a ?

– Eh bien, à moins que ce salaud ait porté des gants, je viens de faire une belle connerie.

– Des gants… Ah oui, à cause des empreintes ?

– Ouais.

– Je croyais qu'il fallait du matériel pour les récupérer ?

– Pas besoin, quand elles sont déposées juste là où il faut. Sur un verre de bière, par exemple. Merde. Si jamais il remet les pieds ici, ce qui serait trop beau…

– Je ramasse le verre avec une serviette et je le mets bien à l'abri.

– Exactement.

– Si tu m'avais prévenu…

– Je sais. J'aurais dû y penser.

– Je peux te dire que j'étais pressé qu'il s'en aille. Je n'aime pas avoir affaire à des types comme lui, et encore moins dans un bar. Une bière à l'heure, c'était parfait. Je n'allais pas le pousser à la consommation. Moins il boirait, plus vite il serait dehors et j'en serais débarrassé.

– Il t'a parlé ?

– Juste pour me demander à boire.

– Tu as reconnu un quelconque accent ?

– J'ai pas eu l'impression, non. Attends que je réfléchisse… (Il ferma les yeux quelques secondes.) Non, il parlait comme tout le monde, sans accent particulier. Généralement, je reconnais d'où les gens viennent, mais là, ça ne m'a pas frappé. Je ne pense pas qu'il soit de New York, mais ça ne fait pas avancer les choses.

– En effet. Trina m'a dit que tu n'aimais pas ses yeux ?

– Pas du tout, non.

– A cause ?

– De l'impression qu'ils me faisaient. C'est dur à définir. Je pourrais même pas te dire précisément de quelle couleur ils étaient, même si je crois qu'ils étaient plutôt clairs. Ce qui m'a frappé, c'est qu'on pouvait pas voir derrière.

– Je ne te suis pas très bien.

– Pas de transparence, de profondeur. Presque comme des yeux de verre. Tu as vu la série sur le Watergate ?

– Des bouts. Pas longtemps.

– Il y avait un des salauds, un de ceux avec un nom allemand…

– Ils avaient tous des noms allemands, non ?

– Non, seulement deux. Pas Haldeman, l'autre.

– Ehrlichman.

– C'est ça. Tu l'as vu ? Tu as remarqué ses yeux ? Sans profondeur.

– Un cow-boy Marlboro avec des yeux comme ceux d'Ehrlichman…

– Ton histoire a quelque chose à voir avec le Watergate, Matt ?

– Pas plus que ça.

Je revins m'asseoir à ma table et bus encore un café. J'aurais aimé le sucrer avec un peu de bourbon, mais me dis que ce ne serait pas raisonnable. Le cow-boy Marlboro n'essaierait certainement pas de m'avoir ce soir. Trop de gens auraient pu se souvenir de sa présence. Il devait être là en reconnaissance. Il choisirait un autre moment pour tenter sa chance.

C'était l'impression que j'avais, mais je n'en étais pas suffisamment certain pour rentrer chez moi avec trop de bourbon dans le sang. J'avais probablement raison, mais je ne voulais pas courir le risque de m'être complètement trompé.

Je pris le souvenir qui me restait du bonhomme, y ajoutai les yeux d'Ehrlichman et ce que Billie avait retenu et cherchai avec lequel de mes trois chérubins cette impression d'ensemble pouvait coller. Mais je n'y arrivai pas vraiment. Il aurait aussi bien pu être ouvrier sur un des chantiers de Henry Prager que l'un des jeunes étalons dont Beverly Ethridge aimait s'entourer, ou bien encore un professionnel engagé pour l'occasion par Huysendahl. Les empreintes digitales m'auraient permis de l'identifier, mais j'avais été trop lent à réagir pour profiter de la chance qui m'était offerte. Si je l'avais démasqué, j'aurais pu le prendre à revers, mais j'allais être obligé de le laisser mener la partie et de l'affronter face à face.

Il devait être minuit et demi quand je réglai l'addition et quittai le bar. J'ouvris prudemment la porte en me sentant un peu ridicule et observai la Neuvième Avenue dans les deux sens. Je ne vis pas de cow-boy Marlboro, ni rien qui ait l'air dangereux.

Je me dirigeai vers le coin de la 57e Rue, et pour la première fois depuis le début de cette histoire j'eus le sentiment d'être une cible. J'avais délibérément choisi ce rôle et, au début, je pensais que c'était une excellente idée, mais depuis l'apparition du cow-boy, la situation n'était plus la même. Maintenant ce n'était plus seulement une idée, c'était la réalité, et ça changeait tout.

Quelque chose bougea près d'une porte, et je me retrouvai les orteils rivés au sol avant même d'avoir reconnu la vieille femme. Elle s'était installée comme à son habitude sur le seuil du magasin Sartor Resartus. Dès que le temps le lui permet, elle y campe. Elle fait la manche à longueur de temps. Généralement, je lui donne quelque chose en passant.

— Monsieur, si vous pouviez faire un geste... (Je

trouvai dans ma poche quelques pièces à lui offrir.)
Dieu vous bénisse, dit-elle.

Je lui répondis que je l'espérais bien. Je me remis en marche, parcourus quelques mètres et la vieille femme poussa un hurlement. Je me retournai juste assez vite pour voir une voiture escalader le trottoir et me foncer dessus, pleins phares.

10

Je n'eus pas le temps de réfléchir. J'eus simplement le bon réflexe. Disons… suffisamment bon. Je m'étais retourné d'un bloc quand j'avais entendu la femme crier et j'en avais perdu l'équilibre, mais, plutôt que de chercher à me récupérer, je poursuivis le mouvement et me jetai sur ma droite. Je me reçus sur l'épaule et roulai jusqu'au pied du mur.

Ce fut limite. Dans ce genre de sport, si le conducteur a suffisamment de culot, vous n'avez pratiquement aucune chance. Il n'a qu'à laisser rebondir le côté de son véhicule sur le mur. Cela peut causer quelques bobos à la voiture, voire au bâtiment, mais rien en comparaison de l'effet que cela aura sur la personne coincée entre les deux. En fait, mon agresseur contre-braqua au dernier moment et je crus bien que l'arrière de la voiture allait se rabattre et m'écraser comme une mouche.

Il me manqua de peu. Je sentis le courant d'air quand la voiture me dépassa. Je me redressai pour la voir descendre du trottoir et reprendre l'avenue. Au passage, elle embarqua un parcmètre, atterrit en rebondissant sur l'asphalte, puis le conducteur écrasa l'accélérateur et franchit le carrefour au moment où le feu venait de passer au rouge. Il le grilla sans se gêner, mais, après tout, la moitié des automobilistes de New

94

York en font autant. Je n'ai pas le souvenir d'avoir vu un flic mettre une prune à quelqu'un pour une infraction de ce genre. Ils n'en ont tout simplement pas le temps…

— Ces chauffards, ils sont complètement fous ! (La vieille femme s'était approchée de moi.) Tss, tss, continua-t-elle, tout ce qu'ils savent faire, c'est boire du whisky, fumer des pétards et en voiture pour le rodéo ! Ils auraient pu vous tuer…

— C'est vrai.

— Et, en plus, il ne s'est même pas arrêté pour voir si vous étiez blessé.

— Ce n'est pas très gentil de sa part.

— De nos jours, les gens ne savent plus être gentils.

Je me remis debout et m'époussetai. Je tremblais de partout, et j'étais drôlement secoué.

— Monsieur, si vous pouviez faire un geste… commença la vieille femme, mais ses yeux s'embrumèrent et la confusion qui régnait en elle lui fit froncer les sourcils. Non. Vous m'avez déjà donné de l'argent, n'est-ce pas ? Je suis vraiment navrée. C'est ma mémoire qui me joue des tours.

Je sortis mon portefeuille.

— Voilà un billet de dix dollars, dis-je en le lui fourrant dans la main. Quand vous le dépenserez, n'oubliez pas de vérifier la monnaie qu'on vous rendra. D'accord ?

— Mon Dieu, dit-elle.

— Maintenant, vous feriez mieux de rentrer vous coucher.

— Mon Dieu, répéta-t-elle. Dix dollars. Un billet de dix dollars. Oh, Dieu vous bénisse, monsieur !

— Il vient juste de le faire, dis-je.

Isaïah était à la réception quand je regagnai mon hôtel. C'est un hindou à la peau claire, aux yeux d'un bleu vif et aux cheveux roux frisés. De larges taches de rousseur couvrent ses joues et le dessus de ses mains. Il aime travailler la nuit parce qu'il peut rester tranquillement assis à son bureau et travailler à ses doubles acrostiches tout en tétant une bouteille de sirop pour la toux à la codéine.

Il fait ses grilles au stylo feutre. Une fois, je lui ai demandé si ça ne compliquait pas les choses.

– Sans ça, il n'y aurait aucune raison d'en être fier, m'a-t-il répondu.

Pour l'heure, il était en train de m'annoncer que je n'avais pas reçu d'appels. Je montai l'escalier et pris le couloir qui mène à ma chambre. J'observai sous la porte pour vérifier s'il y avait de la lumière à l'intérieur, et me dis que si je n'en voyais pas, cela ne prouvait rien. Je regardai autour de la serrure, et ne fus pas davantage convaincu par l'absence de traces. Dans ces hôtels, on pourrait forcer un verrou avec du fil dentaire. J'ouvris la porte et ne vis que des meubles, ce qui me sembla normal, puis j'allumai le plafonnier, fermai la porte à clé, tendis les bras devant moi et pus constater à quel point mes doigts tremblaient.

Je me servis un verre bien tassé et m'obligeai à le boire. Pendant quelques instants, mon estomac se mit aussi à s'agiter et je crus que le whisky n'y resterait pas longtemps, mais je réussis à me calmer et à éviter le pire. J'écrivis des lettres et des chiffres sur un bout de papier que je glissai dans mon porte-monnaie. Je me déshabillai et pris une douche pour me débarrasser de la couche de sueur qui me collait à la peau. C'était la pire espèce de sueur, épuisement et peur viscérale à parts égales.

Je finissais de me sécher quand le téléphone sonna.

Je n'étais pas trop chaud pour décrocher. Je savais très bien ce que j'allais entendre :

– C'était un simple avertissement, Scudder.

– Des clous. Vous avez essayé de m'avoir. Mais vous n'êtes pas assez bons.

– Le jour où nous essaierons, nous t'aurons.

Je l'envoyai se faire foutre et je raccrochai. Je repris le téléphone quelques secondes plus tard pour demander à Isaïah de ne plus me passer d'appels jusqu'à ce qu'il me réveille le lendemain à neuf heures.

Ensuite, je me mis au lit pour voir si j'arriverais à dormir.

Je dormis mieux que prévu. Je ne me réveillai que deux fois cette nuit-là, et chaque fois à cause du même rêve, qui aurait ennuyé à mourir un psychiatre freudien. Très littéral, ce rêve, sans aucun symbole. J'y revivais les événements depuis ma sortie du bar jusqu'au moment où la voiture me fonçait dessus, sauf que dans le cauchemar le conducteur avait suffisamment d'adresse et de culot pour aller jusqu'au bout, et à l'instant précis où je sentais qu'il allait m'écraser entre pierre et tôle, je me réveillais, les poings crispés et le cœur battant la chamade.

Ce doit être un mécanisme de défense, ce genre de rêve. Pendant le sommeil, l'inconscient s'empare de ce qu'on a du mal à supporter et joue avec jusqu'à en user les angles trop aigus. Je ne sais pas si ça fait vraiment beaucoup de bien, mais lorsque je me réveillai pour la troisième et dernière fois, une demi-heure avant le moment où Isaïah était censé m'appeler, j'étais un peu plus rassuré. Après tout, j'avais des raisons d'être satisfait. Quelqu'un avait tenté de me descendre, et c'était ce que je cherchais depuis le début.

Et ce quelqu'un m'avait loupé, ce qui rentrait aussi dans mes plans.

Je repensai au coup de téléphone. Ce n'était pas le cow-boy Marlboro qui m'avait appelé. J'en étais à peu près certain. La voix était celle d'un homme plus vieux, sans doute à peu près de mon âge, et j'avais reconnu des intonations typiques des rues de New York.

Il semblait donc y avoir au moins deux personnes sur le coup. Ça ne m'avançait pas beaucoup, mais c'était un détail de plus à caser dans un coin de ma tête. Y avait-il plus d'une personne dans la voiture ? Je tentai de me rappeler de ce que j'avais aperçu pendant le court instant où elle m'arrivait dessus. Je n'avais pas pu voir grand-chose, avec les phares en pleine figure. Et quand je m'étais retourné pour la voir s'enfuir, elle était déjà loin et filait à toute allure. J'avais plutôt eu le réflexe de mémoriser le numéro d'immatriculation que de compter les têtes.

Je descendis prendre mon petit déjeuner et, après avoir avalé une tasse de café et une tartine, je n'avais déjà plus faim. Je m'achetai un paquet de cigarettes au distributeur et en fumai trois en finissant mon café. Je n'avais pas fumé depuis près de deux mois, et elles ne m'auraient pas fait plus d'effet si je me les étais enfilées directement dans les veines. J'eus tout à coup le tournis, mais la sensation était assez agréable. Après avoir écrasé la troisième, je laissai le paquet sur la table et sortis.

J'allai jusqu'à Center Street, à la caserne de la brigade mobile. Un gamin aux joues roses sorti tout chaud du jardin d'enfants me demanda s'il pouvait faire quelque chose pour moi. Il y avait une demi-douzaine de flics dans la pièce, mais je n'en reconnus aucun. Je lui demandai si Ray Landauer était dans les parages.

– Il a pris sa retraite il y a quelques mois, me répondit-il. (Il se tourna vers l'un de ses collègues.) Hé, Jerry, quand est-ce que Ray a pris sa retraite ?

– En octobre, je crois.

Il revint à moi.

– Ray est parti en octobre, répéta-t-il. Je peux vous être utile ?

– C'est personnel.

– Si vous voulez patienter une minute, je pourrais vous trouver son adresse.

Je lui dis que cela n'avait pas d'importance. J'étais étonné que Ray ait décroché. Il n'avait pas l'air assez âgé pour prendre sa retraite. A y bien réfléchir, en fait, il était plus vieux que moi, j'avais passé quinze ans dans la police et j'en étais parti depuis plus de cinq, ce qui faisait que j'avais moi-même atteint la limite d'âge.

Si je lui avais raconté qui j'étais et si j'avais pris le temps de discuter avec lui, le gamin m'aurait peut-être laissé jeter un coup d'œil à la liste des voitures volées. Avec un de mes potes, cela aurait été beaucoup plus simple. Je sortis du bâtiment et me dirigeai vers le métro. Je vis passer un taxi libre, changeai d'avis et fis signe au chauffeur. Je lui demandai de me conduire au commissariat du 6e secteur.

Il ne savait pas où c'était. Il y a quelques années, pour obtenir sa licence de taxi, il fallait pouvoir nommer l'hôpital, le commissariat et la caserne de pompiers les plus proches, quel que soit l'endroit de la ville où l'on se trouvait. Je ne sais pas quand ils ont cessé d'imposer ce test, mais après tout, ce qui compte aujourd'hui pour un chauffeur de taxi, c'est de rester en vie.

Je lui dis que ça se trouvait dans la 10e Rue Ouest, et il y parvint sans trop d'encombres. Je trouvai Eddie

Koehler dans son bureau. Il lisait quelque chose dans le *News* qui n'avait pas l'air de lui faire plaisir.

– Putain de procureur spécial, dit-il. Qu'est-ce qu'un type comme ça sait faire d'autre qu'emmerder le monde ?

– Il sait aussi comment faire pour avoir souvent son nom dans le journal.

– Ouais. Tu crois qu'il veut devenir gouverneur ?

Je pensai à Huysendahl.

– Tout le monde veut devenir gouverneur.

– Ça, c'est vrai. Pourquoi, à ton avis ?

– Ce n'est pas à moi qu'il faut demander ça, Eddie. Je n'arrive déjà pas à comprendre comment on peut vouloir devenir quelque chose…

Le regard froid, Koehler me toisa pour juger ce à quoi je pouvais prétendre.

– Enfin quoi, tu as toujours voulu être flic, non ?

– Depuis que je suis môme. Je n'ai jamais voulu être autre chose, du plus loin que je me souvienne.

– Moi, c'était pareil. J'ai toujours voulu porter l'insigne. Je me demande pourquoi. Des fois, je me dis que c'est la façon dont on a été élevés, avec le flic au coin de la rue, le respect que les gens avaient pour lui. Et puis les films qu'on voyait quand on était gosses. Les gentils, c'étaient les flics.

– Je ne sais pas. A la fin, Cagney se faisait régulièrement descendre.

– Ouais, mais il l'avait cherché, le salaud. On regardait ça et on en était dingues, de Cagney. Alors, pour finir, on voulait qu'il achète la ferme, mais évidemment, il ne pouvait pas s'en tirer comme ça. Assieds-toi, Matt. On ne s'est pas vus souvent, ces derniers temps. Tu veux du café ?

Je fis non de la tête, mais je m'assis quand même. Il prit un cigare éteint dans son cendrier et en approcha une allumette. Je sortis deux billets de dix et un de cinq de mon portefeuille et les posai sur son bureau.

– J'ai gagné un chapeau ?

– Dans une minute.

– Tant que le procureur spécial n'est pas au courant…

– Tu n'as pas de raison de te faire de la bile, j'espère ?

– Qui sait ? Avec un dingue comme celui-là, tout le monde trouverait de quoi se faire des cheveux.

Koehler plia les billets et les fourra dans la poche de sa chemise, puis il me demanda :

– Qu'est-ce que je peux faire pour toi ?

Je sortis le bout de papier sur lequel j'avais écrit avant de me coucher.

– Je cherche le propriétaire d'une voiture.

– Tu connais personne à la 35e Rue ?

C'était là que se trouvaient les bureaux du service des immatriculations.

– Si, mais c'est une plaque du New Jersey. Je pense que la bagnole a été volée et qu'on devrait pouvoir la retrouver en consultant le fichier. Je ne suis pas très sûr d'avoir correctement noté. Les trois lettres sont soit LKJ, soit LJK. Et je n'ai qu'une partie des trois chiffres. Il y a un 9 et un 4, peut-être même un 9 et deux 4, mais je ne suis même pas certain de l'ordre.

– Cela devrait largement suffire, si c'est sur la liste. Avec tout ce qu'on embarque à la fourrière, il arrive que les gens ne déclarent pas les vols. Ils s'imaginent tout de suite que leur voiture a été enlevée et, s'ils ne disposent pas des cinquante dollars requis, ils ne vont même pas vérifier, et un jour on découvre qu'elle a été braquée. Ou bien, le voleur se débarrasse de la bagnole, la fourrière s'amène pour de bon, et le propriétaire finit par devoir payer, en s'étonnant que sa voiture n'ait pas été embarquée là où il l'avait laissée. Ne bouge pas, je vais chercher la liste.

Il abandonna son cigare dans le cendrier, et il était éteint lorsqu'il revint.

– Nous disons donc, fichier des véhicules volés. Tu peux me redire les lettres ?

– LKJ ou LJK.

– D'accord. Tu pourrais me donner la marque et le modèle ?

– Kaiser-Frazer, modèle 1949.

– Pardon ?

– Conduite intérieure récente, couleur sombre. Je n'ai rien d'autre. Et puis, elles se ressemblent toutes.

– Ouais. Rien là-dessus. Voyons celles qui sont rentrées hier soir. Tiens, tiens, salut, LJK 9-1-4.

– Ça a l'air d'être ça.

– Impala deux portes, modèle 1972, vert foncé.

– Je n'ai pas compté les portes, mais ça doit être elle.

– Elle appartient à une certaine Mme William Raiken qui habite Upper Montclair. Une de tes amies ?

– Je ne crois pas. Quand a-t-elle déclaré le vol ?

– Voyons… A deux heures du matin, d'après ce qui est écrit.

J'avais quitté l'Armstrong's vers minuit et demi, Mme Raiken ne l'avait donc pas immédiatement découvert. Ils auraient pu lui rapporter sa voiture, elle n'aurait jamais rien su.

– D'où est-ce qu'elle vient ?

– D'Upper Montclair, j'imagine.

– Non, je veux dire, quand on a ramassé la bagnole, où était-elle garée ?

– Oh.

Koehler avait remballé sa paperasse. Il retrouva la page et lut :

– A l'angle de Broadway et de la 114ᵉ Rue. Dis donc, ça donne envie de creuser la question.

C'était exactement ce que je pensais, mais pourquoi Koehler avait-il la même idée ? Je lui demandai quelle question il avait l'intention de creuser.

– Qu'est-ce que Mme Raiken pouvait bien faire tout en haut de Broadway à deux heures du matin ? Et M. Raiken, est-il au courant ?

– Tu as l'esprit mal placé.

– C'est moi qui aurais dû devenir procureur spécial. Quel rapport y a-t-il entre Mme Raiken et ton mari disparu ?

Je ne réagis pas tout de suite, puis je me souvins de l'histoire que j'avais inventée pour justifier mes questions concernant le cadavre de Jablon.

– Oh, rien, répondis-je. J'ai fini par convaincre sa femme de laisser tomber. Ça m'a quand même procuré quelques journées de travail.

– Mouais. Tu sais qui a piqué la voiture et ce qu'ils ont fait avec ?

– Destruction de bien public.

– Hein ?

– Ils ont démoli un parcmètre dans la Neuvième Avenue, et puis ils se sont tirés vite fait.

– Et toi, tu te trouvais là par hasard, tu t'es heureusement souvenu du numéro d'immatriculation, tu t'es évidemment douté que la bagnole était volée et tu as voulu vérifier parce que tu es un citoyen soucieux du bien public ?

– C'est à peu près ça.

– Des clous, oui ! Assieds-toi, Matt. Tu ne crois pas que tu devrais me raconter ce qui t'est arrivé ?

– Il ne m'est rien arrivé.

– Qu'est-ce qu'une voiture volée a à voir avec Jablon la Toupie ?

– La Toupie ? Ah oui, le type qu'ils ont repêché dans le fleuve. Aucun rapport.

– Tu étais à la recherche de ce type pour le compte de sa femme, si j'ai bien compris ?

Je me rendis soudain compte que je m'étais coupé, mais j'attendis de voir s'il s'en était aperçu, et ça n'a pas loupé :

– La dernière fois, c'était sa petite amie qui le cherchait, dit-il. Tu veux vraiment jouer au plus malin avec moi, Matt ?

Je ne répondis rien. Il reprit son cigare dans le cendrier, l'observa attentivement, puis se pencha pour le jeter dans la poubelle. Il se redressa et me regarda dans les yeux, puis se détourna, puis me regarda encore.

– Qu'est-ce que tu caches ?

– Rien qui te concerne.

– Qu'est-ce que tu as à voir avec Jablon ?

– C'est sans importance.

– Et la voiture ?

– Aucune importance non plus. (Je me redressai.) La Toupie a été balancé dans l'East River, et la bagnole a défoncé un parcmètre dans la Neuvième Avenue entre la 57e et la 58e Rue. Elle a été volée au nord de la ville, ce qui fait que rien de ce qui s'est passé n'a eu lieu dans ton quartier. Donc, rien de tout cela ne te concerne, Eddie.

– Qui a tué la Toupie ?

– Je n'en sais rien.

– Tu n'es pas en train de me baratiner ?

– Bien sûr que non.

– Tu t'intéresses à quelqu'un ?

– Pas exactement.

– Merde, Matt !

J'avais envie de filer. Je ne dissimulais rien qu'il fût

censé savoir, et je ne pouvais vraiment pas le mettre au courant, ni lui ni personne d'autre. Comme je faisais cavalier seul et que j'éludais toutes ses questions, je ne pouvais pas m'attendre à ce que cela lui fasse plaisir.

– Qui est ton employeur, Matt?

C'était la Toupie, mais je ne voyais pas l'intérêt de le lui dire.

– Je n'en ai pas.

– A quoi joues-tu?

– A rien en particulier.

– J'ai entendu dire que la Toupie collectionnait les billets verts ces derniers temps…

– Il était bien habillé, la dernière fois que je l'ai vu.

– Vraiment?

– Son costume lui avait coûté trois cent vingt dollars. C'est lui qui me l'a annoncé en passant.

Il me regarda jusqu'à ce que je détourne les yeux, puis il dit à voix basse :

– Matt, je suis sûr que tu n'apprécies pas quand une bagnole te fonce dessus. Ce n'est pas bon pour la santé. Tu es certain que tu ne veux pas tout me raconter?

– Quand ce sera le moment, Eddie.

– Et tu es sûr que ce n'est pas maintenant?

Je pris mon temps avant de répondre. Je me rappelai la sensation causée par la voiture en train de me frôler, et puis je me souvins de ce qui se passait dans mon rêve, au moment où le conducteur expédiait sa grosse bagnole contre le mur.

– J'en suis certain, lui dis-je.

Au Lion's Head je commandai un hamburger, avec un bourbon et du café. J'étais un peu surpris que la

105

voiture ait été volée si loin au nord de la ville. Ils
l'avaient peut-être empruntée plus tôt et garée dans
mon quartier, ou bien le cow-boy Marlboro avait téléphoné entre le moment où j'avais quitté le Polly's et
celui où il était entré à l'Armstrong's. Il y aurait donc
eu deux personnes dans l'histoire, ce que j'avais déjà
pensé après avoir entendu la voix au téléphone. Il se
pouvait aussi…

Non, tout cela ne servait à rien. Je pouvais bien
m'inventer toutes sortes de scénarios, cela ne ferait
que m'embrouiller davantage.

Je fis signe qu'on m'apporte un autre bourbon et un
autre café, puis je versai l'un dans l'autre et sifflai le
tout. Les derniers mots de la conversation que j'avais
eue avec Eddie me trottaient dans la tête. Il me semblait avoir entr'aperçu une information capitale, mais
mon problème était que je n'arrivais pas à savoir
laquelle. Ses paroles avaient fait résonner quelque
chose très loin au fond de moi, et je n'arrivais pas à
faire remonter tout cela à la surface.

Je fis de la monnaie pour aller téléphoner. Les renseignements du New Jersey me donnèrent le numéro
de William Raiken à Upper Montclair. Je le composai
et me présentai à Mme Raiken comme appartenant à
la brigade des voitures volées. Elle me dit sa surprise
qu'on ait retrouvé si vite sa voiture et me demanda si
par hasard je savais si elle était abîmée.

— J'ai bien peur que nous n'ayons pas encore
retrouvé votre véhicule, madame Raiken.

— Oh.

— Je voulais juste quelques renseignements. Vous
l'aviez garée au coin de Broadway et de la 114e Rue,
c'est exact ?

— Tout à fait. Le long du trottoir de la 114e Rue, pas
dans Broadway.

– D'accord. Sur le registre je vois que vous avez déclaré ce vol aux environs de deux heures. Etait-ce juste après avoir constaté la disparition ?

– Oui. C'est-à-dire, à peu près. J'ai regagné l'endroit où j'avais garé ma voiture et évidemment elle n'y était plus, mais j'ai tout de suite pensé qu'elle avait été enlevée par la fourrière. Je l'avais laissée là où je pensais que le stationnement était autorisé, mais parfois il y a des panneaux qu'on ne remarque pas ou qui indiquent autre chose. Cela dit, il me semble qu'on n'enlève pas les voitures si loin du centre-ville, je me trompe ?

– Pas au-delà de la 86ᵉ Rue.

– C'est ce que je pensais, bien que je me gare toujours sur un emplacement autorisé. Enfin, je me suis dit que je m'étais trompée et que je l'avais peut-être laissée dans la 113ᵉ Rue, alors je suis allée vérifier, mais, bien sûr, elle ne s'y trouvait pas non plus, alors, j'ai téléphoné à mon mari pour qu'il vienne me chercher, et c'est lui qui m'a dit de déclarer le vol et je vous ai contactés. Il s'est écoulé entre quinze et vingt minutes entre le moment où j'ai constaté la disparition de ma voiture et mon appel.

– Je vois. Et à quelle heure l'aviez-vous garée, madame Raiken ?

– Voyons. J'avais deux cours, à huit heures l'atelier d'écriture de nouvelles, et à dix heures le cours d'histoire de la Renaissance, mais comme j'étais un peu en avance, j'ai dû la garer un peu après sept heures. C'est important ?

– Eh bien… ça ne nous aidera pas à retrouver votre véhicule, madame Raiken, mais nous cherchons à rassembler des données pour définir à quelles heures certains crimes sont susceptibles d'être commis.

– C'est intéressant, dit-elle. A quoi est-ce que ça sert ?

Je me l'étais toujours demandé. Je lui dis que ça faisait partie d'une étude globale, ce qui était la réponse qu'on m'avait donnée quand j'avais posé la même question. Je la remerciai, l'assurai que sa voiture serait certainement retrouvée d'ici peu, elle me remercia à son tour, nous nous dîmes au revoir et je raccrochai avant d'aller me rasseoir.

J'essayai de voir si j'avais appris quelque chose et constatai qu'il n'en était rien. Je cessai de réfléchir, et me surpris à me demander ce que Mme Raiken pouvait bien faire dans l'Upper West Side au milieu de la nuit. Elle n'était pas avec son mari, et son dernier cours avait dû finir vers onze heures. Elle avait peut-être bu quelques bières au West End ou dans un autre bar autour de Columbia University. Peut-être même quelques bières de trop, ce qui aurait expliqué pourquoi elle était allée chercher sa voiture dans une autre rue. Et même dans le cas où elle aurait bu une quantité de bière suffisante pour y faire flotter un navire de guerre, cela n'aurait pas eu grande importance parce que Mme Raiken n'avait vraiment pas grand-chose à voir avec Jablon la Toupie ou qui que ce soit d'autre, et qu'elle ait eu quelque chose à voir ou pas avec M. Raiken ne me regardait pas et...

Columbia.

L'université de Columbia se trouve entre la 116e Rue et Broadway, et c'est certainement là qu'avaient lieu ses cours. Et quelqu'un d'autre suivait des études à Columbia, pour obtenir un diplôme en psychologie et travailler ensuite avec des handicapés mentaux...

Je cherchai dans l'annuaire. Pas de Prager Stacy, les femmes célibataires se gardant bien de mettre leur prénom dans les annuaires. Mais je trouvai un ou une Prager S., qui habitait dans la 112e Rue Ouest, entre Broadway et Riverside.

Je retournai finir mon café. Je laissai un billet sur le comptoir. Au moment de franchir la porte, je changeai d'avis, allai de nouveau consulter l'annuaire et notai le numéro de téléphone de Prager S. Au cas où le S signifierait Seymour ou quoi que ce soit d'autre que Stacy, je mis dix cents dans la fente et composai le numéro. Je laissai sonner sept fois avant de raccrocher et de récupérer ma pièce. Il y en avait deux autres avec la mienne.

Certains jours, on a quand même de la chance.

11

Quand je sortis du métro à l'angle de Broadway et de la 112ᵉ Rue, j'étais déjà nettement moins épaté par la coïncidence que j'avais découverte. Si Prager avait décidé de me tuer lui-même, ou bien en engageant quelqu'un pour le faire, il n'avait aucune raison particulière de voler une voiture à deux pas de l'appartement de sa fille. A première vue, j'avais cru que cela menait quelque part, mais je n'en étais plus tout à fait certain.

Evidemment, si Stacy Prager avait un petit ami, et si celui-ci se trouvait être le cow-boy Marlboro...

Cela semblait valoir la peine d'essayer. Je me rendis à son adresse, un bâtiment de pierre sombre de cinq étages, qu'occupaient une vingtaine d'appartements. Arrivé devant l'interphone, je sonnai chez elle, mais il n'y eut aucune réponse. Je sonnai chez ses voisins, c'est d'ailleurs curieux comme tant de gens sonnent chez vous parce que la personne qu'ils cherchent ne répond pas, mais ils étaient également absents, et la serrure de la porte de l'immeuble me parut facile à ouvrir. A l'aide d'un crochet, je la débloquai aussi vite qu'avec une clé. Je montai trois volées de marches très raides et frappai à la porte de l'appartement 4 C. J'attendis un moment avant de frapper à nouveau, puis je crochetai les deux verrous, rentrai et pris mes aises.

Il y avait une seule pièce, assez spacieuse, avec un canapé transformable et quelques meubles provenant de l'Armée du Salut. J'inspectai le placard et la commode, et découvris seulement que si Stacy avait un petit ami, celui-ci vivait ailleurs. Je ne vis aucun signe prouvant qu'un homme fréquentait cet endroit.

Je fouillai l'appartement sans trop insister, juste pour me faire une idée de la personne qui l'habitait. Il y avait là beaucoup de livres, la plupart brochés et traitant de différents aspects de la psychologie, et une pile entière de magazines : *New York*, *Psychology Today* et *Intellectual Digest*. Dans l'armoire à pharmacie, je ne trouvai rien de plus méchant que de l'aspirine. L'appartement de Stacy était bien rangé, et cela semblait prouver que sa vie était également en ordre. J'eus soudain le sentiment de me comporter en voyeur, à éplucher ainsi les titres de ses livres et fouiller parmi les vêtements dans son placard. J'avais de plus en plus de mal à jouer mon rôle et, comme je ne trouvais rien pour justifier ma présence dans cet endroit, le malaise augmenta encore. Je sortis de l'appartement et refermai derrière moi. Je réussis à faire jouer l'un des verrous, mais il aurait fallu une clé pour l'autre, et je me dis qu'elle penserait avoir oublié de fermer en partant.

Si j'avais trouvé une jolie photo du cow-boy Marlboro, bien encadrée, c'eût été commode. Mais cela n'avait pas été le cas. Je sortis de l'immeuble et allai prendre un café au snack-bar du coin. Prager, Ethridge, Huysendahl. L'un d'eux avait tué la Toupie et tenté de me régler mon compte, et moi je n'arrivais à rien.

Supposons que ce soit Prager. Le puzzle donnait l'impression de se mettre en place, et même si les pièces ne s'ajustaient pas parfaitement, cela commençait à ressembler à quelque chose. Il était le premier à s'être fait coincer, pour un délit de fuite, et jusqu'à maintenant on avait utilisé une voiture à deux reprises. Dans sa lettre, la Toupie mentionnait celle qui lui avait foncé dessus et, cette nuit, une autre avait tenté de me faire la peau. De plus, Prager était dans une situation financière difficile. Quant à Beverly Ethridge, elle essayait de gagner du temps, et Theodore Huysendahl était d'accord avec le prix fixé. Prager, lui, avait avoué qu'il ne savait pas comment réunir la somme.

A supposer que ce soit lui, il venait d'essayer de commettre un meurtre et, comme cela n'avait pas marché, il devait se sentir un peu nerveux. Si c'était lui, le moment était bien choisi pour cogner aux barreaux de sa cage. S'il n'était pas coupable, je pourrais mieux m'en assurer en débarquant sans prévenir.

Je réglai, sortis et hélai un taxi.

La Noire se tourna vers moi lorsque j'entrai. Il lui fallut quelques secondes pour se rappeler qui j'étais, puis ses yeux sombres affichèrent un regard méfiant.

— Matthew Scudder, dis-je.

— Vous venez voir M. Prager ?

— C'est exact.

— Vous êtes attendu, monsieur Scudder ?

— Je crois qu'il acceptera de me recevoir, Shari.

Elle sembla surprise que je me souvienne de son nom. Elle se leva, quelque peu hésitante, et fit le tour de la table en forme de U.

— Je vais lui dire que vous êtes ici, dit-elle.

— Je vous en prie.

Elle se glissa dans le bureau de Prager, refermant prestement la porte derrière elle. Je m'installai sur le canapé en plastique pour contempler les marines de

112

Mme Prager. Décidément, les petits hommes sur le pont étaient bien en train de vomir par-dessus bord. Cela ne faisait aucun doute.

La porte s'ouvrit et Shari revint à l'accueil, après avoir de nouveau pris soin de refermer derrière elle.

– Il vous recevra dans cinq minutes, dit-elle.

– Très bien.

– Ça doit être pour une affaire importante…

– Assez.

– J'espère que ça se passera le mieux possible. Cet homme n'est plus lui-même depuis quelque temps. On dirait que plus on travaille et plus on réussit, plus la pression qu'on doit supporter est grande.

– Elle est sans doute assez forte depuis quelque temps.

– Il a été mis à rude épreuve, dit-elle.

Elle me toisa du regard, me tenant pour responsable des difficultés de Prager. Je ne pouvais pas nier.

– Les choses vont peut-être bientôt s'arranger, suggérai-je.

– Je l'espère sincèrement.

– J'imagine que c'est un plaisir de travailler pour lui ?

– Tout à fait. Il a toujours été…

Mais elle ne finit pas sa phrase, car à cet instant précis on entendit un grand bruit, comme le raté d'un moteur de camion, sauf que les camions font ça dans la rue, pas au vingt-deuxième étage. La fille resta un instant figée, debout près de son bureau, les yeux écarquillés, le dos de la main pressé contre sa bouche. Elle garda la pose suffisamment longtemps pour que je me lève de mon siège et parvienne avant elle à la porte.

Je l'ouvris brutalement et vis Henry Prager assis à sa table. Evidemment, ce n'était pas un moteur que nous avions entendu. C'était un pistolet. Un petit pis-

113

tolet, apparemment un calibre 22 ou 25, mais quand on en met le canon dans sa bouche pour le diriger vers le cerveau, ça suffit largement.

Je me tenais devant la porte, empêchant Shari d'entrer, mais avec ses petites mains elle tirait sur mon épaule et cognait contre mon dos. Pendant un moment je ne bougeai pas, puis je me dis qu'elle avait autant que moi le droit de regarder. Je fis un pas en avant, elle aussi, et puis elle vit ce qu'elle savait qu'elle allait voir.

Et se mit à hurler.

12

Si Shari n'avait pas su mon nom, j'aurais peut-être quitté les lieux. Ou peut-être pas : les policiers ont du mal à se défaire de leurs réflexes, si tant est qu'ils puissent y parvenir, et j'avais passé trop d'années à mépriser les témoins qui disparaissent dans l'ombre pour me mettre à agir comme eux. Il n'aurait de toute façon pas été très correct de me défiler en laissant Shari dans l'état où elle était.

Ce n'était pourtant pas l'envie qui m'en manquait. J'observai Henry Prager, le corps affaissé sur son bureau, les traits déformés par la mort, et je sus que j'avais tué l'homme qui était devant moi. Son doigt avait pressé la détente, mais c'était moi qui lui avais mis le pistolet dans la main en poussant le jeu trop loin.

Je n'avais pas souhaité que nos deux vies se rencontrent, ni cherché à causer sa mort. Mais à présent son cadavre me défiait : le bras tendu en travers du bureau, il avait l'air de me désigner du doigt.

Il avait payé des pots-de-vin pour éviter que sa fille ne soit inculpée d'homicide involontaire. A la suite de quoi on l'avait fait chanter, et il avait cherché à s'en sortir en commettant un assassinat. Ce deuxième homicide, volontaire celui-là, n'avait pas donné le résultat escompté : Prager était toujours victime d'un chantage et risquait en plus d'être mêlé au meurtre de la Toupie.

Alors il avait voulu me tuer, et avait échoué. J'avais débarqué dans son bureau, il avait dit à sa secrétaire de me faire attendre cinq minutes, mais deux ou trois lui avaient suffi.

Il gardait son arme à portée de main. Il avait peut-être vérifié, quelques heures plus tôt, qu'elle était bien chargée. Et pendant que je l'attendais dans le hall, l'idée lui était peut-être venue de m'accueillir avec une balle de pistolet.

Mais une chose est de descendre un homme en pleine nuit dans une rue sombre, ou de l'assommer avant de le jeter dans une rivière, c'en est une autre de tirer sur quelqu'un dans son bureau, avec sa secrétaire à quelques mètres de là. Il s'était peut-être fait la même réflexion. Ou bien il avait déjà décidé de se suicider. Je ne pouvais plus le lui demander, et puis quelle importance ? Le suicide protégeait sa fille, alors qu'un meurtre aurait tout révélé. Voyant qu'il n'arrivait plus à garder le contrôle de sa destinée, il avait préféré sauter en marche.

Je réfléchissais à tout cela en contemplant son cadavre, et d'autres pensées me vinrent dans les heures qui suivirent. Je ne sais pas combien de temps je restai à le regarder pendant que la jeune femme sanglotait contre mon épaule. Sans doute pas si longtemps que cela. Puis je décidai d'agir, entraînai Shari jusqu'à l'accueil et la fis asseoir sur le canapé. Je décrochai son téléphone et composai le 911.

L'équipe qui reçut l'appel venait du 17e commissariat, dans la 51e Rue Est. Les deux hommes s'appelaient Jim Heaney et Finch. Celui-ci était le plus jeune et je n'avais pas compris son prénom. Je connaissais suffisamment Jim pour lui serrer la main, et cela me facilita quelque peu les choses, mais même avec des inconnus, il n'y avait aucune raison qu'on me cause des ennuis. D'abord, tout portait à croire qu'il s'agissait bien d'un suicide, ensuite Shari et moi pouvions confirmer que Prager était seul quand le coup était parti.

Les types du labo firent consciencieusement leur boulot, mais sans enthousiasme. Ils prirent de nombreuses photos, tracèrent beaucoup de lignes à la craie, enveloppèrent le pistolet et le mirent dans un sac, et firent de même avec Prager avant d'emporter le tout. Heaney et Finch enregistrèrent le témoignage de Shari pour qu'elle puisse rentrer chez elle et s'y écrouler. Tout ce qu'on attendait d'elle, c'était qu'elle remplisse les cases afin que les conclusions de l'enquête et celles du médecin légiste viennent confirmer le suicide. Ils lui posèrent les questions qu'il fallait pour qu'elle atteste que son patron était déprimé et tendu ces derniers temps, que son travail lui causait des soucis, qu'il avait de brusques changements d'humeur qui ne lui ressemblaient pas et, d'un point de vue plus pratique, qu'elle l'avait vu quelques minutes avant que ne retentisse le coup de feu, qu'elle et moi étions assis dans le hall à ce moment-là, et que nous étions entrés ensemble dans son bureau pour le trouver mort sur son fauteuil.

Heaney lui dit que cela irait comme ça. Quelqu'un passerait chez elle le lendemain matin pour la déposition officielle et, en attendant l'agent Finch allait la raccompagner chez elle. Elle répondit que ce n'était pas nécessaire, qu'elle prendrait un taxi, mais Finch insista.

Heaney les regarda sortir, puis il dit :

– Tu parles que Finch va la ramener chez elle ! Elle a un sacré cul, cette petite…

– Je n'avais pas remarqué.

– C'est l'âge. Mais Finch l'a repéré, crois-moi. Il aime les Noires, surtout bâties comme ça. Moi, c'est pas mon genre de coucher avec n'importe qui, je suis fidèle, mais je dois admettre que ça me botte de travailler avec Finch. S'il se tape la moitié des filles dont il parle, il va finir par mourir d'épuisement. En plus, je ne crois pas qu'il baratine. Les gonzesses sont toutes dingues de lui.

Heaney alluma une cigarette et me tendit le paquet. Je déclinai son offre.

– Cette fille, Shari, je parie qu'il est en train de se la faire.

– Maintenant ? Ça m'étonnerait. Elle est drôlement secouée.

– Merde, c'est là que c'est le meilleur. Je ne sais pas pourquoi, mais c'est dans ces moments-là qu'elles en ont le plus envie. Si tu allais dire à une femme que son mari a été tué, tu lui ferais des avances en même temps que tu lui annoncerais la nouvelle, toi ? Qu'elle soit belle ou moche, tu le ferais ? Eh bien, moi non plus. Mais si tu entendais les histoires que me raconte ce fils de pute… Il y a quelques mois, un ouvrier tombe d'un échafaudage et Finch doit l'annoncer à sa femme. Il va lui dire, elle part en petits morceaux, il prend dans ses bras pour la réconforter, la console, et tout d'un coup il s'aperçoit qu'elle est en train de lui ouvrir sa braguette.

– Si tu crois tout ce que ce Finch te raconte…

– Et même si seulement la moitié de ce qu'il raconte était vraie ? Moi, je crois que ce n'est pas du pipeau. Je te promets qu'il me raconte aussi les fois où ça ne marche pas.

Je ne tenais pas spécialement à poursuivre cette conversation, mais je ne voulais pas non plus qu'il sache ce que j'avais dans la tête et eus donc encore droit à quelques-unes des aventures amoureuses de Finch, puis nous perdîmes quelques minutes à parler d'amis communs. Cela aurait encore duré longtemps si nous avions été de vrais amis. Finalement, il reprit son bloc-notes et en revint à Prager. Il me posa les questions habituelles, et je confirmai ce que Shari lui avait dit. Puis il me demanda :

– Juste au cas où, est-ce qu'il aurait pu être déjà mort quand tu es arrivé ?

Devant ma stupeur, il s'expliqua :

– Ça peut paraître dingue, mais on ne sait jamais. Imagine qu'elle l'ait tué, ne me demande pas pourquoi ni comment, et qu'après elle ait attendu que toi ou quelqu'un d'autre arrive, qu'elle fasse alors semblant d'aller lui parler, et puis elle s'installe avec toi, elle déclenche le pistolet, avec un fil ou autre, et ensuite vous découvrez ensemble le corps, et comme ça elle a un alibi.

– Tu ne devrais pas regarder autant la télé, Jim. Ça te monte à la tête.

– On ne sait jamais, ça aurait pu se passer comme ça.

– Bien sûr. Ecoute, j'ai entendu qu'il lui parlait quand elle était dans son bureau. Evidemment, elle avait peut-être enregistré au magnétophone…

– Merde, j'ai compris.

– Si tu veux explorer toutes les éventualités…

– J'ai dit que c'était juste au cas où. Quand tu vois tout ce qu'ils inventent dans *Mission impossible*, tu n'arrives pas à croire que les vrais criminels soient si bêtes. Les escrocs aussi regardent la télé, non ? Ça devrait leur donner des idées. Mais si tu l'as entendu parler, oublie le magnéto, ça règle la question.

En fait, je n'avais pas entendu Prager, mais cela simplifiait les choses. Heaney voulait envisager toutes les possibilités, moi je voulais quitter cet endroit.

– Qu'est-ce que tu viens faire dans cette histoire, Matt ? Tu travailles pour lui ?

Je fis non de la tête.

– J'étais venu vérifier certaines informations.

– Concernant Prager ?

– Non, concernant quelqu'un qui se prévalait de lui. Mon client insistait pour que je fasse des recherches assez poussées. J'ai vu Prager la semaine dernière et comme aujourd'hui j'étais dans les parages, j'ai débarqué pour éclaircir certains points.

– Qui est-ce qu'elle concerne, cette enquête ?

– Quelle importance ? Quelqu'un qui a travaillé avec lui il y a huit ou dix ans. Rien à voir avec le fait qu'il se soit suicidé.

– Alors, tu ne le connaissais pas vraiment, ce Prager.

– Je l'ai rencontré deux fois. Une seule, en fait, parce qu'aujourd'hui je n'ai pas vraiment eu le temps de le voir. Et nous nous sommes parlé brièvement au téléphone.

– Il a des ennuis ?

– Plus maintenant. Je n'ai pas grand-chose à te raconter, Jim. Je ne connaissais pas le bonhomme, et ses histoires encore moins. Il avait l'air déprimé et très agité. En fait, il semblait croire que le monde entier lui en voulait. La première fois que je l'ai vu, il était extrêmement méfiant, comme s'il était convaincu que je faisais partie d'un complot destiné à lui nuire.

– Paranoïa.

– Dans ce genre-là, oui.

– Tout ça tient debout. Avec ses problèmes de boulot et sa trouille d'être encerclé, il a peut-être pensé

que tu venais l'emmerder aujourd'hui, ou bien il en
était arrivé au point où il en avait jusque-là, tu vois, et
il ne pouvait pas supporter l'idée de voir encore quelqu'un. Alors, il sort le pistolet de son tiroir, et avant
même de prendre le temps de réfléchir, il se tire une
balle dans la tête. Bon sang, si seulement on pouvait
interdire ce genre d'armes ! Il en vient des Carolines
par camions entiers. Qu'est-ce que tu paries que son
flingue n'était pas immatriculé ?

– Je ne parie pas.

– Il a dû se dire qu'il s'en servirait pour se protéger.
Ce genre de petit pistolet espagnol, c'est de la came-
lote, si tu te fais agresser, tu n'as aucune chance d'arrêter le type en face, même en lui tirant six fois de
suite dans la poitrine, par contre, tu peux toujours te
faire sauter le caisson avec. Je connais un type qui a
essayé il y a environ un an, mais il n'y est même pas
arrivé. Il a décidé de se flinguer, il s'est raté, et maintenant c'est un vrai légume. Vu le peu de vie qui lui
reste, il ferait mieux de se tuer, mais il ne peut même
plus bouger la main...

Heaney alluma une autre cigarette, puis reprit :

– Tu veux passer demain pour ton témoignage ?

Je lui répondis que je pouvais faire mieux que cela.
Je pris la machine à écrire de Shari et lui pondis ma
petite déclaration, avec tout ce qu'il fallait aux bons
endroits. Il la relut, hocha la tête et dit :

– Tu connais la procédure. Merci, ça nous fera
gagner du temps.

Je signai ce que j'avais tapé, et il ajouta la feuille à
celles de son bloc-notes.

Puis il parcourut sa paperasse et dit :

– Elle habite où, sa femme ? A Westchester. J'ai du
bol. Je vais prévenir les flics du coin, je leur laisse le
plaisir de lui annoncer la mort de son mari.

Je me retins juste à temps de lui apprendre que Prager avait une fille qui vivait à Manhattan. Je n'étais pas censé le savoir. Il me serra la main, ajoutant qu'il espérait que Finch se ramènerait bientôt.

– Il a encore réussi à en emballer une, dit-il. En plus, il risque d'y rester un bout de temps pour avoir du rab. C'est qu'il les aime, les négresses.

– Je suis sûr qu'il te donnera tous les détails.

– Il n'y manque jamais.

13

J'entrai dans un bar, juste le temps de descendre deux doubles bourbons, l'un derrière l'autre. C'était surtout parce que je n'avais pas tellement de temps. Les bars restent ouverts jusqu'à quatre heures du matin, mais les églises ferment boutique vers six ou sept heures. Je marchais jusqu'à Lexington Avenue et trouvai une église où je ne me souvins pas d'avoir jamais mis les pieds. Je ne fis pas attention à son nom. Notre-Dame de la Loterie perpétuelle, sans doute.

Il y avait un office, mais je n'étais pas venu pour ça. J'allumai quelques cierges et mis quelques dollars dans un tronc, puis je m'assis sur un banc au fond et répétai trois noms en silence et en boucle. Jacob Jablon, Henry Prager, Estrellita Rivera, trois noms, trois cierges pour trois cadavres.

Durant les pires moments, après avoir tué Estrellita Rivera, je repensais constamment à ce qui s'était passé ce soir-là. J'essayais de remonter le temps pour pouvoir changer la fin de l'histoire, comme un projectionniste d'autrefois qui passerait le film à l'envers et ferait rentrer la balle dans le canon du pistolet. Dans la nouvelle version que j'aurais voulu substituer à la réalité, tous les coups que je tirais atteignaient leur cible. Il n'y avait aucun ricochet, ou bien, s'il y en avait, ils étaient inoffensifs, ou bien encore Estrellita passait une minute de plus dans la confiserie à choisir des bonbons à la menthe et ne pouvait donc pas se trouver au mauvais endroit au mauvais moment, ou alors…

Autrefois, je connaissais un poème que j'avais dû apprendre au lycée, et qui était revenu me harceler depuis le fond de ma mémoire, jusqu'à ce qu'un jour j'aille à la bibliothèque pour le parcourir en détail. C'était un des quatrains d'Omar Khayyam :

La main écrit sans cesse, et toujours autre chose.
Ni notre cœur ni notre esprit ne peuvent
La contraindre à raturer une ligne,
En vain tous nos pleurs tentent d'en effacer un mot.

J'avais cherché à m'accuser de la mort d'Estrellita Rivera, mais, d'une certaine façon, je n'y étais pas parvenu. Ce soir-là j'avais bu, c'est certain, mais pas tant que cela, et on ne pouvait pas mettre en question mon adresse au tir. D'autre part, je n'avais pas eu tort de tirer sur les voleurs. Ils étaient armés, ils s'enfuyaient après avoir tué quelqu'un, et aucun civil ne se trouvait dans ma ligne de tir. Une balle avait ricoché. Ce sont des choses qui arrivent.

Entre autres raisons, j'avais quitté la police précisément parce que ce genre de choses peut arriver et que je ne voulais plus risquer de commettre de mauvaises actions pour de bonnes raisons. Parce que j'avais décidé que, même s'il est vrai que la fin ne justifie pas les moyens, les moyens ne justifient pas la fin non plus.

Et voilà que j'avais délibérément acculé Henry Prager au suicide.

Je n'avais pas prévu cela, bien entendu. Mais, à présent, je ne voyais pas de grande différence. J'avais commencé par le pousser à commettre un second meurtre, ce qu'il n'aurait jamais tenté sans moi. Il avait assassiné la Toupie, mais si j'avais tout simplement détruit l'enveloppe que celui-ci m'avait donnée, Prager n'aurait plus jamais eu besoin de tuer. Je lui avais donné l'occasion d'essayer, il avait échoué et s'était alors retrouvé le dos au mur ; pour finir, il avait choisi de se donner la mort, et que ce soit délibérément ou bien sur un coup de tête ne changeait rien à l'affaire.

J'aurais pu détruire cette enveloppe. Je n'avais aucun contrat avec la Toupie. J'étais d'accord pour ne l'ouvrir que si je cessais de recevoir de ses nouvelles. J'aurais également pu me débarrasser des trois mille dollars au lieu de me contenter d'en donner un dixième aux enfants sans logis. J'avais besoin d'argent, mais pas à ce point.

Mais la Toupie avait fait un pari, et il se trouve qu'il l'avait gagné. Il s'était expliqué là-dessus : « J'ai depuis longtemps remarqué un truc chez toi, qui me donne à croire que tu feras quand même ce que je te demande. C'est que tu penses qu'il y a une différence entre le meurtre et les autres crimes. J'ai passé ma vie à combiner des saletés mais je n'ai jamais tué personne et je ne le ferai jamais. Je connais des types qui ont tué ou qui passent pour l'avoir fait et je les évite soigneusement. Moi, je suis comme ça et je crois que toi aussi… »

J'aurais pu ne rien faire, et Prager n'aurait pas fini dans un sac. Mais il se trouve qu'il y a effectivement une différence entre le meurtre et les autres crimes, et si le monde est un enfer par la faute des meurtriers impunis qui l'habitent, Henry Prager y séjournerait encore si je n'avais pas bougé.

J'aurais peut-être dû procéder autrement. Tout comme la balle n'aurait pas dû ricocher dans l'œil de la petite fille. Mais essayez de faire comprendre ça à la main qui écrit.

L'office n'était pas encore fini quand je m'en allai. Je marchai un moment en oubliant où je me trouvais, puis je m'arrêtai dans un bar Blarney Stones pour y recevoir la communion.

La nuit fut longue.

Le bourbon refusa de produire son effet habituel. Je fis la tournée des bars malgré moi, car dans tous ceux où j'entrais je trouvais quelqu'un dont la présence ne tardait pas à m'en chasser. J'apercevais sans cesse son reflet dans le miroir et avais l'impression de le trimbaler avec moi. Mes déplacements incessants et ma nervosité firent sans doute baisser la quantité d'alcool dans mon organisme, mais j'aurais mieux fait d'utiliser tout ce temps passé en allées et venues à rester assis sur une chaise et à picoler.

Il faut dire que j'avais tendance à choisir le genre de bars qui aide à rester sobre. D'habitude, je vais boire dans des endroits calmes et sombres où on se fait servir des verres bien remplis, à ras bord même si on est connu du patron. Ce soir-là, je passai du Blarney Stones au White Roses. Les prix y étaient nettement plus bas qu'ailleurs, mais le contenu des verres également, et on ne vous y servait pas davantage que ce pour quoi vous aviez payé, même s'il y avait toutes les chances que le whisky soit coupé d'un tiers de flotte.

Dans un des endroits où j'atterris, à Broadway, il y avait un match de basket à la télé. Je regardai le dernier quart-temps sur un grand poste couleur. Au début, les Knicks avaient un point de retard, et ils finirent à douze ou treize points derrière les vainqueurs. C'était la quatrième victoire des Celtics.

Le type à côté de moi s'exclama :

– Dire que la saison prochaine, ils n'auront plus Lucas ni De Busschere ! Et Reed n'aura pas retrouvé ses genoux, et Clyde ne peut pas tout faire, alors qu'est-ce qui va se passer ?

Je hochai la tête. Il avait l'air de dire des choses sensées. Il ajouta :

– Même à la fin du troisième quart-temps, avec en face Cowens et Comment-est-ce-qu'il-s'appelle-déjà ? qui ont cinq fautes personnelles, ils n'arrivent même pas jusqu'au panier. Ils se foulent vraiment pas !

– Ça doit être de ma faute, dis-je.

– Pardon ?

– Ils se sont mis à dégringoler quand j'ai commencé à regarder. Ça doit être de ma faute.

Le type me jeta un coup d'œil et recula d'un pas.

– Doucement, mon gars, dit-il. Ce n'est pas ce que je voulais dire.

Mais il m'avait mal compris. J'étais tout à fait sérieux.

Je finis ma tournée à l'Armstrong's, où là au moins on vous sert des verres remplis comme il faut, mais quand j'y arrivai, je n'avais plus envie de picoler. Je m'assis dans un coin avec une tasse de café. L'endroit n'était pas très animé, et Trina prit le temps de me tenir compagnie.

– J'ai ouvert l'œil, dit-elle, mais il n'a pas montré le bout de son nez.

– Qu'est-ce que tu dis ?

– Le cow-boy. C'était juste ma façon à moi de te dire qu'il ne s'est pas pointé ce soir. J'étais pas censée faire le guet, en bon apprenti agent secret ?

– Oh, le cow-boy Marlboro ? Moi, j'ai cru le voir ce soir.

– Ici ?

– Non, avant de venir. J'ai vu beaucoup de fantômes.

– Quelque chose ne va pas ?

– Ça se pourrait, oui.

Elle couvrit ma main de l'une des siennes.

– Dis-moi ce qui se passe, mon grand.

– Il y a de plus en plus de gens pour qui je dois allumer des cierges.

– Je ne comprends pas. Tu es bourré, Matt ?

– Non, mais ce n'est pas faute d'avoir essayé. Il y a des jours avec et des jours sans.

Je bus mon café et reposai la tasse sur la nappe à damier. Je sortis le dollar en argent de la Toupie, pardon, mon dollar, je l'avais acheté et payé de ma poche après tout, et le fis tournoyer. Puis je repris :

– Hier soir, quelqu'un a essayé de me tuer.

– Mon Dieu ! Près d'ici ?

– Un peu plus bas dans la rue.

– Alors, je comprends pourquoi...

– Non, ce n'est pas pour ça. Cet après-midi, j'ai remis les pendules à l'heure. J'ai tué un homme.

Je pensais qu'elle allait retirer sa main, mais elle n'en fit rien.

– Je ne l'ai pas vraiment tué. Il s'est mis un pistolet dans la bouche et il a appuyé sur la détente. Un petit pistolet espagnol, il en vient des Carolines par camions entiers.

– Pourquoi dis-tu que tu l'as tué ?

– Parce que je l'avais coincé dans une pièce et que le flingue était sa seule porte de sortie.

Elle regarda sa montre.

– Merde, dit-elle. Je peux partir plus tôt, ça me

changera. Si Jimmie veut me faire un procès pour une demi-heure, qu'il aille se faire voir !

Elle détacha son tablier de derrière son cou. Le mouvement accentua la courbure de ses seins. Puis elle dit :

– Tu veux bien me raccompagner, Matt ?

Ces derniers mois, nous nous étions retrouvés quelquefois pour échapper à nos solitudes. Nous étions bien ensemble, au lit comme ailleurs, car nous avions tous les deux la certitude indispensable que cette histoire n'aurait jamais de lendemain.

– D'accord, Matt ?

– Je ne serai pas bon à grand-chose ce soir, mon lapin.

– Tu pourrais empêcher qu'on m'agresse pendant que je rentre chez moi.

– Tu sais bien de quoi je veux parler.

– Oui, monsieur le détective, mais toi, tu ne sais pas ce que je veux dire. (Elle me toucha la joue du bout du doigt.) De toute façon, je ne te laisserai pas m'approcher ce soir, tu piques trop. (Son visage s'adoucit dans un sourire.) Je me propose de te faire un café et de te tenir compagnie. Je crois que cela ne te ferait pas de mal.

– Possible.

– Je te fais un café et je te tiens compagnie, rien d'autre.

– D'accord.

– Pas un thé avec des grands sentiments.

– Juste du café et ta compagnie.

– Exactement. Maintenant, avoue que c'est la meilleure proposition qu'on t'ait faite de la journée.

– C'est vrai, répondis-je. Mais ça ne veut pas dire grand-chose.

Elle me fit du bon café, et réussit même à trouver une bouteille de Harper pour le corser. Quand j'eus terminé de lui raconter mon histoire, la bouteille était passée de presque pleine à quasiment vide.

Je m'étais contenté de l'essentiel. J'avais omis tout ce qui aurait pu lui permettre de reconnaître directement Ethridge ou Huysendahl, et ne m'étais pas attardé sur le joli petit secret de Henry Prager. Je n'avais pas mentionné son nom non plus, mais elle n'aurait aucun mal à le reconnaître si elle lisait les journaux du matin.

Quand j'eus fini, elle resta assise quelques minutes, la tête penchée sur le côté, les yeux mi-clos, pendant que la fumée de sa cigarette montait verticalement dans l'air. Puis elle dit qu'elle ne voyait pas comment j'aurais pu agir autrement.

— Parce que supposons que tu lui aies fait comprendre que tu n'étais pas un maître-chanteur, Matt. Imaginons que tu aies accumulé d'autres preuves et que tu sois retourné le voir. Tu l'aurais démasqué, non ?

— D'une façon ou d'une autre, oui.

— Il s'est tué parce qu'il avait peur d'être démasqué, et en pensant que tu étais un maître-chanteur. Mais est-ce qu'il n'aurait pas fait pareil s'il avait su que tu allais le dénoncer à la police ?

— Il n'en aurait peut-être pas eu la possibilité.

— Eh bien, ça valait peut-être mieux pour lui de profiter de celle-là. Personne ne l'a forcé, c'était sa décision à lui.

Je réfléchis quelques instants.

— Il y a quand même quelque chose qui cloche.

— Quoi ?

— Je ne sais pas exactement. Ça ne colle pas comme ça devrait.

130

– Il faut toujours que tu te trouves une bonne raison de te sentir coupable !

Sa phrase dut faire suffisamment d'effet pour que cela se lise sur mon visage, car elle blêmit et ajouta :

– Je suis désolée. Matt, je suis vraiment désolée.

– Pourquoi ?

– Je disais seulement ça comme ça, ça ne…

– Tu n'as peut-être pas complètement tort, dis-je en me levant. Ça ira mieux demain. C'est généralement comme ça que ça se passe.

– Ne t'en va pas.

– J'ai eu droit au café et à ta compagnie, et merci pour tout. Maintenant, je ferais mieux de rentrer.

Elle faisait non de la tête.

– Reste.

– Trina, je t'ai déjà dit…

– Je sais. Je n'y tiens pas particulièrement non plus, d'ailleurs. Mais je n'ai vraiment pas envie de dormir seule.

– Je ne sais pas si j'arriverai à dormir.

– Alors, tiens-moi dans tes bras jusqu'à ce que je m'endorme. Tu veux bien, dis ?

Nous allâmes nous coucher et je la pris dans mes bras. Le bourbon finit peut-être par produire son effet, ou bien j'étais sans doute encore plus épuisé que je ne le pensais, toujours est-il que je m'endormis, en la tenant contre moi.

14

Quand je me réveillai, j'avais des élancements dans la tête et un goût amer dans la gorge. Sur l'oreiller je trouvai un mot qui me conseillait de me préparer un petit déjeuner. Mais la seule nourriture que j'estimai pouvoir avaler se trouvait au fond de la bouteille de Harper. Je lui fis donc son affaire, en y ajoutant deux aspirines trouvées dans l'armoire à pharmacie et une tasse de mauvais café au restaurant juif du coin, et tout cela me permit de limiter les dégâts.

Le temps s'était mis au beau et la pollution semblait moins importante que d'habitude. On arrivait même à voir le ciel. J'achetai le journal en rentrant à l'hôtel. Il était presque midi. Il m'arrive rarement de dormir autant. Je devais téléphoner à Beverly Ethridge et Theodore Huysendahl pour leur dire que je les décrochais de mon hameçon, qu'en fait il n'y en avait jamais eu. Je me demandai comment ils allaient réagir. Sans doute avec un mélange de soulagement et d'indignation d'avoir été dupés. De toute façon, c'était leur problème. J'en avais bien assez comme cela.

Je pensai qu'il me faudrait leur parler en tête à tête. Au téléphone, je n'y arriverais pas. Ça ne me réjouissait pas particulièrement, mais je voulais en finir avec cette histoire. Deux brefs coups de fil et deux courtes entrevues, et je n'aurais plus jamais à les revoir.

Je m'arrêtai à la réception. Pas de courrier, mais il y avait un message. Mlle Stacy Prager avait appelé. Elle avait laissé un numéro auquel j'étais censé la joindre dès que possible. C'était celui que j'avais composé depuis le Lion's Head.

De retour dans ma chambre, j'ouvris le *Times*. Je trouvai le nom de Prager à la rubrique nécrologique, avec un titre sur deux colonnes. A la suite de l'article, on avait ajouté qu'il s'était apparemment donné la mort en se tirant une balle dans la tête. Tout ce qu'il y avait de plus apparent, en effet. L'article ne faisait pas mention de ma présence au moment du suicide. J'avais eu tort de penser que c'était par le journal que Stacy Prager avait appris mon nom. Je relus le message. Elle avait appelé la veille au soir, aux environs de neuf heures, deux heures avant la sortie du *Times*.

C'était la police qui lui avait appris qui j'étais. Ou bien son père, après tout.

Je décrochai le téléphone, puis raccrochai. Je n'avais pas particulièrement envie de parler à Stacy Prager. Je n'avais rien à lui demander de particulier, et rien à lui dire non plus. Ce n'était pas moi qui allais lui annoncer que son père était un assassin, ni personne d'autre. J'avais vengé Jablon la Toupie, comme il l'avait souhaité. Mais pour le reste de la planète, le dossier resterait éternellement ouvert. La police ne s'inquiétait pas de savoir qui l'avait tué, et je ne me sentais pas obligé de le leur dire.

Je décrochai à nouveau le téléphone et appelai Beverly Ethridge. La ligne était occupée. J'essayai le bureau de Huysendahl. Il était sorti déjeuner. Je composai de nouveau le numéro d'Ethridge. Toujours occupé. Je m'allongeai sur le lit, fermai les yeux, et le téléphone sonna.

— Monsieur Scudder ? Stacy Prager. (Sa voix était

jeune et franche.) Je suis désolée, je m'étais absentée. Après vous avoir appelé hier soir, j'ai fini par prendre le train pour rejoindre ma mère.

– J'ai eu votre message il y a seulement quelques minutes.

– Je vois. Est-ce qu'il me serait possible de venir vous parler ? Je suis à la gare de Grand Central, je pourrais vous rejoindre à votre hôtel, ou bien ailleurs si vous préférez.

– Je ne vois pas très bien à quoi je pourrais vous être utile.

Il y eut un silence, puis elle dit :

– A rien, peut-être. Je ne sais pas. Mais vous êtes la dernière personne à avoir vu mon père vivant, et je…

– Je n'ai même pas pu le voir, mademoiselle Prager. C'est arrivé pendant que j'attendais de le rencontrer.

– Oui, c'est exact. Mais le fait est que… Ecoutez, j'aimerais vraiment vous voir, si cela ne vous dérange pas.

– Si je peux vous aider par téléphone…

– Ne pourrais-je pas vous voir ?

Je lui demandai si elle savait où se trouvait mon hôtel. Elle répondit que oui, qu'elle y serait dans une vingtaine de minutes et qu'elle me ferait appeler de la réception. Je raccrochai en me demandant comment elle avait su où me trouver, puisque je ne suis pas dans l'annuaire, et si elle était au courant pour Jablon, et pour moi aussi, si le cow-boy Marlboro était son petit ami, si elle était rentrée à New York suivant un plan concerté…

Dans ce cas, il était logique de penser qu'elle me tiendrait pour responsable de la mort de son père. Je ne pourrais même pas la contredire, puisque j'étais d'accord. Mais je n'arrivais pas à l'imaginer cachant un joli petit pistolet dans son sac à main. J'avais charrié Heaney parce qu'il regardait trop la télé. Moi, je n'en ai pas souvent l'occasion.

Cela lui prit quinze minutes pour venir, pendant lesquelles je tentai à nouveau de joindre Beverly Ethridge, mais sans succès. Puis Stacy appela depuis la réception, et je descendis à sa rencontre.

Elle avait de longs cheveux noirs et raides, séparés au milieu du front par une raie. Grande, mince, long visage étroit, yeux bruns insondables. Elle portait un jean propre et bien coupé, et un gilet de laine vert amande sur un chemisier blanc tout simple. Son sac à main était fait d'un jean dont on avait coupé les jambes. Je me dis qu'il était très improbable qu'il contienne un pistolet.

Nous vérifiâmes que je m'appelais bien Matthew Scudder et elle Stacy Prager. Je lui proposai d'aller boire un café, nous allâmes au Red Flame. Après qu'on nous eut servis, je lui dis que j'étais désolé pour son père, mais que je n'arrivais toujours pas à comprendre pourquoi elle tenait tant à me voir.

– Je ne sais pas pourquoi il s'est tué, dit-elle.

– Moi non plus.

– Vraiment ?

Son regard me scruta. J'essayai d'imaginer à quoi elle pouvait ressembler quelques années auparavant, quand elle fumait de l'herbe et avalait des pilules, quand elle avait renversé un enfant et avait suffisamment paniqué pour fuir. Cette image ne collait pas avec la fille qui était assise, en ce moment même, de l'autre côté de la table de formica. Celle-là avait l'air vive, lucide et responsable, atteinte par la mort de son père, mais suffisamment forte pour surmonter l'épreuve.

– Vous êtes détective, dit-elle.

– Plus ou moins.

135

– Qu'est-ce que ça veut dire ?

– Je travaille à titre privé, en free-lance. Rien d'aussi passionnant qu'on pourrait le croire.

– Vous avez travaillé pour mon père ?

Je lui fis signe que non.

– Je l'avais déjà rencontré la semaine dernière, répondis-je.

Et je lui racontai l'histoire que j'avais déjà servie à Jim Heaney.

– En fait, je ne connaissais pas vraiment votre père, ajoutai-je pour conclure.

– C'est très étrange.

Elle remua son café, ajouta encore du sucre, remua encore. Elle but une gorgée et reposa la tasse dans la soucoupe. Je lui demandai pourquoi elle trouvait cela étrange.

– J'ai vu mon père avant-hier soir, dit-elle. Il attendait chez moi que je rentre de mon cours. Il m'a emmenée dîner dehors. Cela nous arrive – nous arrivait – une ou deux fois par semaine. D'habitude, il me téléphonait d'abord pour que nous nous mettions d'accord. Il m'expliqua qu'il en avait eu soudainement envie et qu'il était venu en espérant que je repasserais chez moi.

– Je vois.

– Il était très contrarié. Enfin, pas exactement. Il était agité, perturbé par quelque chose. Il était toujours d'humeur changeante, très enthousiaste quand les choses allaient bien, très déprimé quand elles allaient mal. Au début, quand j'étais en psychopathologie et que j'étudiais le syndrome maniaco-dépressif, j'y retrouvais tout à fait mon père. Je ne veux pas dire qu'il était fou, à quelque titre que ce soit, mais il avait lui aussi ce genre de sautes d'humeur. Ça ne l'empêchait pas de vivre, disons que ça faisait partie de sa personnalité.

– Et il était déprimé avant-hier soir ?

– Plus que cela. C'était un mélange de dépression et d'hyperactivité fébrile, qui ressemblait à ce qu'on éprouve sous amphétamines. J'aurais pu croire qu'il en avait pris si je n'avais pas su ce qu'il pensait des drogues. Il y a quelques années, j'y touchais fréquemment. Il s'était alors clairement expliqué sur ce sujet, et du coup je ne peux pas imaginer qu'il en ait consommé…

Elle but encore un peu de café. Non, il n'y avait décidément pas d'arme dans son sac. Cette fille était franche. Si elle en avait eu une, elle s'en serait servie immédiatement.

– Nous avons dîné dans un restaurant chinois de mon quartier, dit-elle. Dans l'Upper West Side, où j'habite. Mon père a à peine touché son assiette. Moi j'avais très faim, mais j'étais tellement sensible à son état que je n'ai pas pu manger grand-chose. Ce qu'il disait partait dans tous les sens. Il semblait très préoccupé de mon avenir. Il m'a demandé plusieurs fois si je me droguais encore. Je ne me drogue plus, et je le lui ai répété. Il m'a questionnée sur mes études, il a voulu savoir si j'étais contente du cursus que j'avais choisi et si je pensais être sur la bonne voie pour gagner ma vie. Il m'a posé des questions sur mes aventures amoureuses, et je lui ai dit qu'il n'y avait rien de sérieux. Et puis il m'a demandé si je vous connaissais.

– Ah bon ?

– Oui. J'ai dit que la seule fois où j'avais entendu ce nom, c'était à propos du pont de Scudder Falls. Il m'a demandé si j'étais déjà allée vous voir à votre hôtel… il a mentionné le nom de l'hôtel et m'a encore demandé si j'y avais été… et j'ai répondu que non. Il m'a appris que c'était là que vous viviez. Je ne voyais pas où il voulait en venir.

– Moi non plus.

– Il m'a demandé si j'avais déjà vu un homme jouer à la toupie avec un dollar d'argent. Il a alors pris une pièce de vingt-cinq cents et l'a fait tourner sur la table en me redemandant si j'avais déjà vu quelqu'un faire ça avec un dollar d'argent. J'ai dit que non, et je me suis inquiétée de savoir s'il se sentait bien. Il m'a répondu que oui, et qu'il tenait à ce que je ne me fasse aucun souci pour lui. Il a ajouté que, quoi qu'il advienne de lui, tout irait bien pour moi et que je ne devais pas m'inquiéter.

– Ce qui a dû vous affoler..

– Bien sûr. Tout à coup, je me suis mise à imaginer un tas de choses inquiétantes, j'avais peur... peur de ce qu'il me cachait. J'ai pensé qu'il était peut-être allé voir un docteur et que celui-ci lui avait trouvé quelque chose d'anormal. Mais j'ai appelé son médecin traitant hier soir, qui m'a dit qu'il ne l'avait pas vu depuis son examen annuel en novembre et que tout allait bien, à part sa tension artérielle qui était un petit peu élevée. Evidemment, il a pu aller en voir un autre, il n'y a aucun moyen de le savoir, sauf si l'autopsie révèle quelque chose. Dans ces cas-là, ils font toujours une autopsie. Monsieur Scudder ?

Je levai les yeux sur elle.

– Quand on m'a appelée, quand j'ai appris qu'il s'était tué, je n'ai pas été surprise.

– Vous vous y attendiez ?

– Pas consciemment. Je ne m'y attendais pas vraiment, mais quand on me l'a dit, j'ai commencé à comprendre. En un sens, je crois que j'avais senti tout cela : il essayait de me dire qu'il allait mourir, et il voulait couper le cordon entre nous avant de passer à l'acte. Mais je ne sais pas pourquoi il l'a fait. Puis j'ai appris que vous étiez présent quand ça s'est pro-

duit, et je me suis souvenue qu'il m'avait questionnée à votre sujet, pour savoir si je vous connaissais,
et je me suis demandé quel rôle vous jouiez dans
toute cette histoire. J'ai pensé qu'il avait peut-être
des ennuis et que vous enquêtiez pour son compte,
parce que l'agent de police m'a dit que vous étiez
détective, et je me suis dit… Je ne comprends pas ce
qui a pu se passer.

– Je ne vois pas du tout pour quelle raison il a mentionné mon nom.

– Vous n'avez vraiment pas travaillé pour lui ?

– Non, et nos contacts sont restés très limités. Il
s'agissait seulement de confirmer les allégations d'un
tiers.

– Tout cela n'a aucun sens…

Je réfléchis.

– Nous avons passé un moment à bavarder la
semaine dernière, dis-je. J'ai peut-être dit quelque
chose qui a touché une corde sensible, tout au fond de
lui. Je n'arrive pas à imaginer quoi, car notre conversation était plutôt décousue, mais il se peut qu'il ait
relevé un mot ou une phrase sans que je m'en sois
rendu compte.

– Cela pourrait être une explication.

– Je ne vois pas d'autre possibilité.

– Et dans ce cas, il a retenu vos paroles, mais
inconsciemment. Par la suite, il a sans doute mentionné votre nom parce qu'il ne pouvait pas parler de
ce que vous lui aviez dit et de ce que ça représentait
pour lui. Et puis, quand sa secrétaire lui a appris que
vous étiez là, quelque chose a jailli dans son esprit.
C'est le cas de le dire, vous ne trouvez pas ?

Quelque chose avait effectivement jailli dans son
esprit quand la fille lui avait annoncé ma présence.
Aucun doute là-dessus.

Stacy reprit :

— Je n'arrive pas à comprendre cette histoire de dollar en argent. A moins qu'il ne s'agisse de la chanson : « Tu peux jouer à la toupie sur le sol du bar avec un dollar en argent, il se mettra à tourner car il est rond… » C'est quoi, la suite ? Quelque chose comme : « Une femme n'apprend à apprécier son homme qu'après l'avoir perdu… » Il voulait peut-être dire qu'il était en train de tout perdre. Je ne sais pas, il n'avait sans doute plus toute sa tête, à la fin.

— Il devait être à bout.

— Certainement. (Le regard de Stacy Prager se perdit au loin pendant un moment.) Vous a-t-il jamais parlé de moi ?

— Non.

— Vous en êtes sûr ?

Je fis semblant de chercher à me souvenir, puis je lui dis que j'en étais tout à fait certain.

— J'espère seulement qu'il s'est rendu compte que je n'ai plus de problèmes maintenant. C'est tout. Je souhaite seulement qu'il ait compris avant de mourir, quand il s'est dit qu'il n'y avait pas d'autre issue, que j'allais vraiment bien.

— J'en suis persuadé.

Elle avait dû connaître des moments difficiles depuis qu'on l'avait appelée pour lui annoncer la mort de son père. Depuis plus longtemps que cela, en fait, depuis ce dîner au restaurant chinois. Et elle allait en vivre d'autres. Mais elle n'allait pas se mettre à pleurer. Elle n'était pas du genre à pleurnicher. Elle était forte. Si son père avait eu la moitié de sa force, il ne se serait pas donné la mort. Il aurait commencé par dire à la Toupie d'aller se faire foutre et ne lui aurait pas donné d'argent ; il n'aurait pas commis un meurtre, ni tenté d'en commettre un autre. Elle était plus forte que lui. Je ne sais pas si on peut être fier d'être fort. On l'est ou on ne l'est pas. Je lui dis encore :

– C'est donc la dernière fois que vous l'avez vu. Au restaurant chinois.

– Eh bien, il m'a raccompagnée jusqu'à mon appartement, et puis il a pris sa voiture pour rentrer chez lui.

– Quelle heure était-il ? Quand il est parti de chez vous…

– Je ne sais pas. Dix heures ou dix heures et demie. Pourquoi est-ce que vous me demandez cela ?

Je haussai les épaules.

– Sans raison. Disons que c'est par habitude. J'ai été flic pendant des années. Quand un flic ne sait plus quoi dire, il se met à poser des questions. N'importe lesquelles.

– C'est intéressant. Une sorte de réflexe conditionné, en somme.

– Ça doit s'appeler comme ça, oui.

Elle soupira.

– Bon, je vous remercie d'avoir accepté de me rencontrer. Je vous ai fait perdre votre temps…

– J'ai tout mon temps. Ça ne me gêne pas d'en perdre, quelquefois.

– Je voulais juste en savoir davantage sur… sur lui. Je pensais qu'il y aurait autre chose, qu'il aurait laissé derrière lui un dernier message. Un mot ou une lettre, qu'il aurait pu m'envoyer. Ça doit aller avec le reste, avec le fait que je n'arrive pas à croire qu'il est mort, que je n'aurai de toute façon plus jamais de ses nouvelles. Je pensais… Merci, en tout cas.

Je ne voulais pas qu'elle me remercie. Elle n'avait pas la moindre raison de me remercier.

Une heure plus tard environ, je parvins à joindre Beverly Ethridge. Je lui dis qu'il fallait absolument que je la voie.

— Je pensais que j'avais jusqu'à mardi. C'est bien ce que vous aviez dit, non ?

— Je veux vous voir ce soir.

— Ce soir, c'est impossible. Premièrement, je n'ai pas encore l'argent et, deuxièmement, vous m'avez accordé une semaine.

— Il s'agit d'autre chose.

— De quoi ?

— Pas au téléphone.

— Mon Dieu, dit-elle. Ce soir, c'est absolument impossible, Matt. J'ai un rendez-vous.

— Je croyais que Kermit était parti jouer au golf ?

— Ça ne veut pas dire que je reste enfermée toute seule chez moi.

— Pour ça, je vous fais confiance.

— Vous êtes vraiment un salaud, hein ! Je suis invitée à une soirée. Le genre de soirée parfaitement respectable où les gens restent habillés. Je pourrai vous voir demain si c'est absolument nécessaire.

— C'est le cas.

— Dites-moi où et à quelle heure.

— Au Polly's. Disons vers huit heures.

— Le Polly's Cage ? Ce n'est pas du meilleur goût.

— Pas vraiment, lui concédai-je.

— Un peu comme moi, non ?

— Je n'ai jamais dit ça.

— En effet, vous vous êtes toujours conduit en parfait gentleman. Huit heures au Polly's. J'y serai.

J'aurais pu lui dire de décompresser, que le match était fini, au lieu de la laisser sous tension un jour de plus. Mais je songeai qu'elle pourrait supporter cela sans problème. Et je tenais à voir son visage quand je la délivrerais du piège. Pourquoi ? Peut-être à cause des étincelles qui se produisaient lorsque nous étions ensemble. En tout cas, je voulais être là quand elle retrouverait la liberté. Avec Huysendahl, il n'était pas question de ce genre d'étincelles. J'essayai sans succès de le joindre à son bureau, puis j'appelai chez lui à tout hasard. Il n'y était pas, mais je trouvai sa femme. Je laissai un message disant que je serais à son bureau le lendemain à deux heures, et que je rappellerais dans la matinée pour confirmer le rendez-vous.

– Encore une chose, ajoutai-je. Dites-lui, s'il vous plaît, qu'il n'a absolument plus aucune raison de s'inquiéter. Dites-lui que tout va bien et que nous allons pouvoir régler nos affaires.

– Et il saura de quoi il s'agit ?

– Certainement.

Je fis une petite sieste, descendis manger un morceau au restaurant français du coin, puis remontai dans ma chambre pour lire un peu. Je faillis me coucher tôt, mais vers onze heures ma chambre me parut ressembler encore plus que d'habitude à une cellule de moine. Cela avait peut-être à voir avec le fait que je venais de lire *La Vie des saints*.

Dehors, il ne se décidait pas à pleuvoir. Le jury était encore en train de délibérer. J'allai faire un tour à l'Armstrong's. Trina m'accueillit avec un sourire et m'apporta à boire.

Je n'y restai qu'une heure environ. Je pensai beaucoup à Stacy Prager, et encore plus à son père. J'avais une moins bonne opinion de moi-même depuis que j'avais rencontré cette fille. D'un autre côté, j'étais bien obligé d'admettre ce que Trina avait affirmé la nuit précédente : Prager était en effet libre de choisir le moyen de régler ses problèmes ; il empêchait du même coup sa fille de découvrir que son père était un assassin. Sa mort en elle-même était horrible, mais j'aurais difficilement pu inventer un scénario plus efficace.

Lorsque je lui demandai l'addition, Trina me l'apporta et se percha sur le bord de la table pendant que je comptais les billets.

— Tu as l'air d'avoir un peu remonté la pente, dit-elle.

— Tu trouves ?

— Un petit peu.

— Ça fait longtemps que je n'ai pas dormi aussi bien.

— Vraiment ? Moi aussi, aussi étrange que ça paraisse.

— Tant mieux, dis-je.

— Tu ne trouves pas que c'est une drôle de coïncidence ?

— Une sacrée coïncidence, même.

— Ce qui prouve qu'il y a de meilleurs somnifères que le Séconal.

— Cela dit, il ne faut pas en abuser.

— Sinon on risque la dépendance ?

— C'est à peu près ça, oui.

Deux tables plus loin, un type essayait d'attirer son attention. Elle jeta un coup d'œil vers lui, se retourna vers moi et dit :

— Je ne crois pas que ça risque de devenir une habitude. Tu es trop vieux, je suis trop jeune, tu es trop renfermé, je suis trop instable, et on se conduit souvent en dépit du bon sens, tous les deux.

— Sans commentaire.

— Mais de temps en temps, ça ne peut pas faire de mal, hein ?

– Non.

– C'est même plutôt bien.

Je pris sa main et la serrai dans la mienne. Elle eut un bref sourire, ramassa ma monnaie et partit voir ce que le casse-pieds, deux tables plus loin, pouvait vouloir. Je restai quelques instants assis à la regarder faire, puis je me levai et franchis la porte.

Il s'était mis à pleuvoir, une pluie froide poussée par un vilain vent. Il soufflait vers le nord et moi j'allais en sens inverse, ce n'était pas pour me réjouir. J'hésitai un instant, me demandant si je ne ferais pas mieux de rentrer boire encore un verre en attendant que le plus gros de l'averse soit passé. Je décidai que ça n'en valait pas la peine.

Je me dirigeai vers la 57e Rue, et j'aperçus la vieille femme sur le seuil de Sartor Resartus. Par un temps pareil, elle ne passait généralement pas la nuit dehors, et je ne savais pas si je devais admirer sa ténacité ou bien la plaindre. Mais jusque-là il avait fait assez beau, et je me dis qu'elle avait dû se faire surprendre par la pluie après s'être installée.

Je continuai à marcher, fouillant dans ma poche pour lui donner quelques pièces. J'espérai qu'elle ne serait pas déçue, car il ne fallait pas qu'elle s'attende à ce que je lui donne dix dollars tous les soirs. Seulement quand elle me sauvait la vie.

J'arrivai à la hauteur du magasin et allais lui donner ma monnaie lorsqu'elle s'approcha de moi. Mais ce n'était pas la vieille femme.

C'était le cow-boy Marlboro, un couteau à la main.

15

Il se jeta sur moi, la lame décrivant un arc de cercle vers le haut et, n'eût été la pluie, il m'aurait fait la peau sans rémission. Il dérapa sur le sol mouillé et dut s'y reprendre à deux fois pour retrouver son équilibre ; cela me donna le temps de reculer, dans l'attente du coup suivant.

J'étais bien stable sur mes pieds, les bras détendus le long du corps, j'avais des fourmis dans les doigts et je sentais mon sang cogner contre mes tempes. Son buste se balança de droite à gauche, il feinta des épaules avant d'attaquer. J'avais observé ses pieds et j'étais prêt. J'esquivai en sautant de côté, pivotai et lui envoyai mon talon dans la rotule. Je le manquai, mais me remis immédiatement en garde avant qu'il ait eu le temps de me porter un autre coup.

Il se mit à me tourner autour, comme un boxeur qui veut abattre le tenant du titre, et quand il eut accompli un demi-cercle et se retrouva dos à la rue, je compris sa tactique. Il voulait me coincer et m'empêcher de fuir.

Il n'avait pas besoin de se fatiguer. Il était jeune, mince, un athlète façon sports de plein air. J'étais trop vieux et trop lourd, et le seul exercice que j'avais pratiqué ces dernières années consistait à lever le coude. Tout ce que je pouvais espérer en me mettant à courir, c'était de lui offrir mon dos comme cible.

Il se pencha en avant et commença à changer son couteau de main. Ça fait de l'effet au cinéma, mais un homme qui sait se servir d'une lame ne perd pas son temps à ce genre de choses. Et très peu de gens sont réellement ambidextres. Au début, il s'était battu en tenant son arme dans la main droite, et je savais que c'était avec elle qu'il porterait le coup suivant; aussi bien, sa petite chorégraphie manuelle me donnait le temps de reprendre mon souffle et de régler mes mouvements sur les siens.

Cela me rassurait un peu. S'il perdait son temps à ce genre de trucs, c'est qu'il ne devait pas être si fort au couteau, et dans ce cas j'avais mes chances.

— Je n'ai pas beaucoup d'argent sur moi, dis-je, mais je vous le donne de bon cœur.

— Je ne veux pas de ton argent, Scudder. Juste toi.

Ce n'était pas une voix que je connaissais, encore moins celle d'un New-Yorkais. Je me demandai où Prager avait pu le dénicher. Et, connaissant Stacy, j'étais sûr qu'il n'était pas son genre.

— Vous faites erreur, dis-je.

— C'est toi qui as fait une erreur, mec. Trop tard.

— Henry Prager s'est tué hier.

— Ah ouais? Il faudra que je pense à lui envoyer des fleurs… (Il passait son couteau d'une main à l'autre, jambes fléchies, puis tendues…) Je vais te crever comme il faut, mec.

— Je ne crois pas, non.

Il se mit à rire. Je pus apercevoir ses yeux à la lumière des réverbères et compris ce que Billie avait voulu dire. Il avait des yeux de tueur, de psychopathe.

— Moi aussi, je pourrais t'avoir si j'avais un couteau.

— Bien sûr, mec.

— Je t'aurais même avec un parapluie.

Et c'était vrai : j'aurais bien aimé avoir un parapluie ou une canne. Pour se défendre d'un couteau, tout ce qui donne un minimum d'allonge vaut mieux qu'un autre couteau, l'idéal étant quand même un pistolet.

Si on m'en avait offert un, je ne l'aurais pas refusé. Quand j'ai quitté la police, un des avantages immédiats fut de ne plus avoir à porter une arme à feu dès que je mettais le pied dehors. A cette époque, il était essentiel pour moi de ne plus en posséder. Malgré tout, pendant des mois je m'étais senti tout nu. Au bout de quinze ans, on finit par s'habituer à ce poids à la ceinture.

Si je m'étais retrouvé en face de ce type avec un pistolet, j'aurais été obligé de m'en servir. J'étais certain que la vue d'une arme à feu n'aurait pas suffi à lui faire lâcher son couteau. Il était déterminé à me faire la peau, et rien ne l'empêcherait d'essayer jusqu'à ce qu'il y parvienne. Où Prager l'avait-il donc déniché ? Ce n'était certainement pas un professionnel. Prager n'aurait pas pu entrer en contact avec un tueur à gages patenté, à moins de disposer de relations dans le milieu, mais je n'avais aucune information là-dessus. Evidemment, beaucoup de gens engagent des amateurs.

A moins que…

Je faillis me lancer sur une piste toute fraîche, mais ce n'était vraiment pas le moment de me laisser distraire. Je revins précipitamment à la réalité quand je vis ses pieds changer d'appuis, et j'étais prêt à l'accueillir quand il s'approcha. J'avais préparé ma parade et anticipé son geste : mon coup de pied partit avant que son bras ne se détende, et je réussis à atteindre son poignet. Il lâcha son couteau, perdit l'équilibre, mais parvint à éviter la chute. Pour autant, je ne pus pas en profiter. L'homme réussit à ramasser son arme au bord du trottoir avant que j'aie pu lui sauter dessus, me menaça à nouveau de sa lame... et je dus reculer, une fois de plus.

– Je vais te faire la peau, mec !

– Tu causes plutôt bien, mais c'est moi qui ai failli t'avoir, cette fois.

– Je crois que je vais t'ouvrir le ventre, mec. Comme ça, tu crèveras tout doucement...

Plus je le faisais parler, plus il prenait de temps avant d'attaquer. Plus il prenait de temps, plus il y avait de chances pour que quelqu'un vienne se joindre à notre petite fête avant que l'invité d'honneur se retrouve empalé sur la broche. De temps à autre, un taxi passait près de nous, mais ils se faisaient rares et, à cause de la pluie, il n'y avait pratiquement plus un piéton dans la rue. J'aurais apprécié qu'une voiture de police vienne s'enquérir de notre santé, mais, comme on a coutume de le dire en parlant des flics : ils ne sont jamais là quand on a besoin d'eux.

– Allez, Scudder. Essaye de m'avoir.

– J'ai toute la nuit devant moi.

Il passa son pouce sur le fil de la lame.

– Je l'ai bien aiguisé, dit-il.

– Je te crois sur parole.

– Allez, mec, je vais quand même te montrer.

Il recula pour prendre son élan, toujours de la même manière, et je sus ce qui allait se passer. Il allait foncer tête baissée, la main collée au corps, sans plus chercher à m'atteindre en allongeant le bras, ce qui voulait dire que s'il ne me touchait pas du premier coup, il me renverserait et que nous lutterions à terre jusqu'à ce qu'il n'y en ait qu'un de nous qui se relève. J'observai ses pieds pour éviter d'être surpris par ses feintes de corps et quand il attaqua, j'avais de nouveau un coup d'avance.

149

Dès qu'il eut démarré, je mis un genou en terre et me baissai le plus possible pour que le couteau passe au-dessus de mon épaule, puis j'entourai ses jambes de mes bras et d'un seul élan je me redressai et soulevai. Je poussai très fort sur mes jambes et le lançai aussi haut et aussi loin que je pus, sachant qu'il lâcherait le couteau en retombant et que, cette fois-ci, j'aurais largement le temps d'envoyer balader sa lame et de lui expédier en prime ma godasse dans la figure.

Mais il ne lâcha pas son arme. Il fit un vol plané, battit des jambes en l'air, effectua un demi-saut périlleux comme pour un concours de plongeon, à la différence qu'il n'y avait pas d'eau dans cette piscine. Il tendit une main en avant pour amortir sa chute, mais n'atterrit pas comme prévu. Le choc de sa tête contre le ciment fut aussi violent que celui d'un melon lancé d'un troisième étage. J'étais à peu près sûr qu'il s'était fracturé le crâne, ce qui suffit souvent à tuer son homme.

Je m'approchai de lui, le regardai et compris que ce n'était pas la peine de s'inquiéter d'une fracture du crâne, quelle qu'elle soit, car sa tête n'aurait de toute façon pas dû se trouver dans la position où elle était, à moins qu'il ne se soit brisé le cou en atterrissant sur la nuque. Je cherchai son pouls, sans me faire d'illusions, et ne le trouvai pas. Je le retournai sur le dos, collai mon oreille sur sa poitrine, mais je n'entendis rien. Il tenait toujours le couteau dans sa main, mais il ne lui serait plus très utile.

– Putain !

Je levai les yeux. C'était un des Grecs du quartier, un pilier de bar que j'avais déjà rencontré au Spiro's ou à l'Antarès. On se disait bonjour, mais je ne connaissais pas son nom.

– J'ai vu ce qui s'est passé, dit-il. Ce salaud a essayé de vous tuer !

– C'est exactement ce que vous allez m'aider à expliquer aux flics.

– Ah, merde ! Non, pour ça, j'ai rien vu.

– Je m'en fous. Vous croyez que ce sera si difficile que ça de vous retrouver ? Retournez au Spiro's, décrochez le téléphone et appelez le 911. Vous n'avez même pas besoin de pièce. Dites-leur que vous voulez signaler un homicide au 19e commissariat et indiquez-leur l'adresse.

– Je ne suis pas sûr…

– Pas besoin. Vous n'avez qu'à faire ce que je viens de dire.

– Merde, il a un couteau, on voit bien que vous étiez en légitime défense ! Il est mort, non ? C'est vous qui parlez d'homicide ? Et puis regardez son cou. On peut même plus marcher tranquillement dans la rue, cette putain de ville est devenue une vraie jungle !

– Allez téléphoner.

– Ecoutez…

– Enfoiré de fils de pute ! Tu ne peux pas imaginer tous les emmerdes que je vais te causer ! Tu veux avoir les flics au cul toute ta vie ? Va téléphoner !

Il partit téléphoner.

Je m'agenouillai à côté du corps pour le fouiller rapidement, mais consciencieusement. Je voulais un nom, mais il n'avait rien sur lui qui permette de l'identifier. Pas de portefeuille, juste une pince à billets en forme de $. Elle avait l'air d'être en argent. Je comptai un peu plus de trois cents dollars. Je lui laissai ses billets d'un et de cinq dollars et les lui remis dans sa poche. Je fourrai le reste dans mon manteau. J'en ferai meilleur usage que lui.

Je me redressai pour attendre les flics, en espérant que mon petit ami les avait prévenus. Pendant que je poireautais, quelques chauffeurs ralentirent pour demander ce qui s'était passé et s'ils pouvaient faire quelque chose. Personne n'avait pris le risque d'intervenir pendant que le cow-boy Marlboro s'agitait avec son couteau, mais maintenant tout le monde était prêt à vivre dangereusement. Je les envoyai tous promener et attendis encore un moment avant d'apercevoir une voiture noir et blanc tourner au coin de la 57e Rue et remonter la Neuvième Avenue, ignorant le sens unique qui descend vers le sud. Ils coupèrent la sirène et s'avancèrent d'un pas pressé. Je les attendis debout devant le corps. C'était deux hommes en civil, et je ne reconnus ni l'un ni l'autre.

Je leur expliquai brièvement qui j'étais et ce qui venait d'arriver. Le fait que j'étais moi-même un ex-policier facilita les choses. Une autre voiture s'arrêta pendant que je parlais, dont sortirent les hommes du labo. Puis ce fut le tour d'une ambulance. Je dis à l'équipe du labo :

— J'espère que vous allez relever ses empreintes. Et pas après l'avoir emmené à la morgue. Tout de suite.

Ils ne me demandèrent pas qui j'étais pour leur donner des ordres. Ils durent penser que j'étais flic et que je devais être plus gradé qu'eux. Le type en civil à qui j'avais parlé haussa les sourcils.

— Des empreintes ?

Je hochai la tête.

— Je veux savoir qui c'est, et comme il n'a pas de papiers sur lui...

— Vous avez vérifié ?

— J'ai vérifié.

— Vous n'êtes pas censé le faire, vous savez.

— Oui, je sais. Mais je voulais savoir qui s'emmerdait à essayer de me descendre.

— Juste un voyou, non ?

Je fis signe que non.

– Je l'ai vu me suivre, l'autre jour. Ce soir il m'attendait, et il m'a appelé par mon nom. Généralement, les voyous ne filent pas leurs victimes aussi soigneusement.

– De toute façon, ils sont en train de relever ses empreintes, avec ça nous serons fixés. Pour quelle raison quelqu'un chercherait-il à vous tuer ?

J'ignorai la question.

– Je ne sais pas s'il est d'ici. Il doit bien y avoir quelque chose sur lui, mais il ne s'est peut-être pas fait coincer à New York.

– Eh bien, on fera des recherches pour vérifier. Il n'a pas l'air d'un débutant.

– C'est aussi mon avis.

– Si nous n'avons rien, nous demanderons à Washington. Vous voulez venir au poste avec nous ? Il y aura certainement des gars que vous connaissiez dans le temps.

– D'accord, dis-je. C'est toujours Gagliardi qui fait le café ?

Son visage s'assombrit.

– Il est mort, dit-il. Il y a presque deux ans. D'une crise cardiaque. Il était juste là, assis à son bureau, et il est tombé.

– Je ne savais pas. C'est dommage.

– Ouais, c'était un type bien. Il faisait un bon café, en plus.

16

Ma déposition préliminaire était assez sommaire. L'homme qui l'enregistra, un nommé Birnbaum, n'eut pas de mal à s'en rendre compte. J'avais simplement déclaré avoir été agressé par une personne qui m'était inconnue, en un certain lieu et à une certaine heure, que mon assaillant était armé d'un couteau, que moi-même je n'étais pas armé, que j'avais dû recourir à des mesures de protection incluant notamment le fait de bousculer mon agresseur de telle manière que, bien que je ne l'aie pas voulu, la chute qui en était résultée avait entraîné sa mort.

— Ce voyou connaissait votre nom, dit Birnbaum. C'est ce que vous avez déclaré.

— C'est exact.

— Mais ce n'est pas là-dedans.

Le policier s'arrêta un instant pour frotter son front dégarni, à l'endroit où il y avait eu autrefois des cheveux, avant de reprendre :

— Vous avez aussi dit à Lacey qu'il vous suivait depuis quelques jours.

— Je suis sûr de l'avoir vu au moins une fois, et pour le reste je n'en suis pas certain.

— Mouais. Et vous voulez patienter ici jusqu'à ce qu'on ait vérifié les empreintes et repéré qui c'est…

— Absolument.

– Vous n'avez même pas attendu de voir si on avait trouvé des papiers d'identité sur lui. Ce qui signifie que vous avez sans doute cherché vous-même.

– Disons plutôt que j'ai eu une intuition, lui répondis-je. J'ai pensé qu'un type qui allait en assassiner un autre n'emportait pas ses papiers. Mais ce n'est évidemment qu'une supposition.

Il garda les sourcils levés une minute, puis il haussa les épaules.

– Pas la peine de vous fatiguer, Matt. Combien de fois vais-je jeter un coup d'œil à un appartement pendant que ses occupants en sont absents, et comme par hasard ils n'ont pas fait attention, ils ont oublié de fermer à clé ; parce qu'il ne me viendrait jamais à l'esprit de tripoter la serrure pour entrer.

– Ce qui s'appellerait une effraction.

– Ce n'est pas notre genre, hein ?

Il sourit, reprit ma déposition et ajouta :

– Vous savez certaines choses sur cet oiseau que vous ne voulez pas nous dire. J'ai tort ?

– C'est plutôt qu'il y a certaines choses que je ne sais pas.

– Je ne comprends pas.

Je sortis une cigarette de son paquet sur le bureau. Si je ne faisais pas attention, cela allait redevenir une habitude. Je pris mon temps pour l'allumer et pesai mes mots.

– Je pense que vous allez pouvoir clore un dossier. Une affaire d'homicide.

– De qui s'agit-il ?

– Pas encore.

– Ecoutez, Matt…

Je l'interrompis après avoir tiré sur ma cigarette :

– Laissez-moi faire à mon idée, je n'en aurai pas pour longtemps. Je vous dirai ce que je sais, à condi-

155

tion que vous attendiez avant de tuyauter les journaux. Vous avez assez d'éléments pour qualifier ce qui s'est passé ce soir de tentative de meurtre, non ? Vous avez un témoin et un cadavre qui tient un couteau à la main.

– Et alors ?

– Le macchabée a été payé pour me descendre. Quand je saurai qui c'est, il y a de fortes chances pour que je sache aussi qui l'a embauché. Je crois qu'il a déjà été engagé pour tuer quelqu'un d'autre, il n'y a pas si longtemps, et quand je connaîtrai son nom et ses antécédents, j'y ajouterai des preuves qui vous mèneront tout droit au commanditaire.

– Et vous ne pouvez pas nous en dire plus en attendant ?

– Non.

– Vous avez une raison particulière ?

– Je ne voudrais pas me tromper de personne.

– Vous aimez vraiment jouer en solo, hein ?

Je haussai les épaules. Birnbaum reprit :

– Ils sont en train de vérifier, au Centre. Si ça ne donne rien, on transmettra les empreintes au FBI à Washington. Ça pourrait prendre une bonne partie de la nuit.

– Je vais attendre, si vous êtes d'accord.

– J'aimerais assez. Il y a un canapé dans le bureau du lieutenant, si vous voulez fermer l'œil un moment.

Je lui dis que je patienterais jusqu'à ce qu'on reçoive une réponse. Il trouva de quoi s'occuper, je ramassai un journal et allai m'asseoir dans un bureau désert. Je dus m'endormir, car je sentis Birnbaum me secouer l'épaule.

– Ils n'ont rien, Matt. Notre type ne s'est jamais fait alpaguer à New York.

– C'est bien ce que je pensais.

– Je croyais que vous ne saviez rien de lui ?

– C'est vrai. Mais je suis ma petite idée, comme je vous l'ai dit.

– On aurait moins à se fouler si vous nous indiquiez dans quelle direction chercher.

Je lui fis signe que j'étais désolé.

– Expédiez les épreuves à Washington ; je ne vois pas comment on pourrait aller plus vite.

– C'est déjà fait. De toute façon, ça prendra encore une heure ou deux et il commence à faire jour. Rentrez donc chez vous, je vous appellerai dès que j'aurai quelque chose.

– Pourquoi est-ce que ça mettrait si longtemps ? Vous possédez une série complète d'empreintes. Le FBI n'a pas tout sur ordinateur ?

– Bien sûr. Mais il faut bien quelqu'un pour dire à la machine ce qu'elle doit faire, et ils sont plutôt du genre à prendre leur temps, là-bas. Rentrez dormir.

– J'attends.

– Comme vous voudrez.

Avant de sortir de la pièce, il se retourna pour me rappeler l'existence du canapé dans le bureau du lieutenant. Mais les quelques instants que j'avais passés à dormir sur ma chaise faisaient que je ne ressentais plus le besoin de fermer l'œil. J'étais complètement épuisé, mais je n'arriverais pas à dormir. Trop de petits rouages s'étaient déclenchés dans ma tête, et je ne parvenais pas à les arrêter.

C'était forcément Prager qui avait engagé le type. Il n'y avait pas d'autre solution. Ou bien celui-ci n'était pas au courant que son patron était mort et hors jeu, ou bien il était suffisamment lié à lui pour vouloir me tuer quoi qu'il arrive. Ou alors, il avait été contacté par un intermédiaire, sans savoir que Prager était mêlé à l'histoire. Il devait y avoir une explication, une raison, n'importe quoi, parce que sinon…

Je préférai ne pas y penser.

Ce que j'avais dit à Birnbaum était vrai. J'avais eu une intuition, et plus j'y pensais, plus elle me plaisait, même si, dans le même temps, j'aurais bien aimé me tromper. Je passai encore un moment au poste, à lire les journaux, à boire des tasses de jus de chaussette l'une après l'autre en évitant de réfléchir, mais en sachant que, tôt ou tard, je serais bien obligé de m'y mettre. A un moment donné, Birnbaum rentra chez lui, après avoir passé le relais à un nommé Guzik et, vers neuf heures et demie, Guzik vint me dire qu'ils avaient identifié le type à Washington.

Il me lut le télétype.

– Lundgren, John Michael. Date de naissance, 14 mars 1943. Né à San Bernardino, Californie. Toute une série d'arrestations là-bas, Matt. Gains frauduleux, agressions, attaque à main armée, vol de voiture, vol qualifié. Il a écopé de courtes peines un peu partout sur la côte Ouest, mais il a récolté davantage à Quentin.

– Il a purgé une peine de un à cinq ans à Folsom, dis-je. Je ne sais pas exactement si c'était pour extorsion de fonds ou vol. Ça doit être récent.

Il leva les yeux sur moi.

– Je croyais que vous ne le connaissiez pas.

– En effet. Mais je sais qu'il a été arrêté à San Diego pour avoir monté une arnaque, que sa complice est passée aux aveux et qu'elle s'en est bien sortie. Elle a écopé d'un sursis.

– C'est bien plus que tout ce que j'ai là.

Je lui demandai s'il avait une cigarette. Il me répondit qu'il ne fumait pas. Il se retourna pour poser la question à la cantonade, mais je lui dis de laisser tomber.

– Demandez plutôt à quelqu'un d'apporter un bloc-notes, dis-je, j'ai pas mal de choses à raconter…

Je leur donnai tout ce que je savais. Comment Beverly Ethridge était devenue une criminelle et comment elle s'était rangée. Comment elle avait fait un beau mariage pour redevenir une figure de la bonne société, comme elle l'était dans sa jeunesse. Comment Jablon la Toupie était tombé sur sa photo dans le journal et avait rassemblé les morceaux du puzzle pour monter une bonne petite affaire de chantage.

— Elle a cherché à gagner du temps, dis-je. Mais ça revenait cher, et il demandait toujours plus d'argent. Et puis son ancien petit ami, Lundgren, a débarqué ici et lui a suggéré un moyen de se tirer d'affaire. Pourquoi payer une rançon alors qu'il est beaucoup plus économique de tuer le maître-chanteur ? Il se trouve que Lundgren était un criminel professionnel, mais un tueur amateur. Il a employé plusieurs méthodes avec la Toupie. D'abord, il a tenté de l'écraser avec une voiture, ensuite, il lui a défoncé le crâne et a fini par le balancer dans l'East River. Après, il a essayé de m'avoir avec la bagnole.

— Puis au couteau.

— C'est exact.

— Comment vous êtes-vous retrouvé impliqué là-dedans ?

Je le lui racontai, en taisant les noms des autres victimes de la Toupie. Les deux flics n'apprécièrent pas vraiment, mais ils n'y pouvaient pas grand-chose. Je leur expliquai que j'avais joué le rôle d'appât et que Lundgren avait mordu à l'hameçon.

Guzik m'interrompait sans arrêt pour répéter que j'aurais dû commencer par tout refiler à la police, et je n'arrêtais pas de lui dire que j'avais volontairement écarté cette solution.

159

– On s'en serait occupé comme il faut, Matt. Vous traitez Lundgren d'amateur, mais merde, c'est vous qui avez joué le coup comme un amateur, et vous avez failli y passer. Vous vous êtes retrouvé en face d'un couteau avec vos deux mains nues, et vous avez une sacrée veine d'être encore vivant à l'heure qu'il est ! Vous devriez avoir un peu plus de jugeote, merde ! Vous avez été flic pendant quinze ans et vous agissez comme si vous ne saviez pas que la police existait !

– Et ceux qui n'ont pas tué la Toupie ? Qu'est-ce qui leur serait arrivé si je vous avais refilé le tout illico presto ?

– C'est leur problème, non ? Ils n'avaient qu'à ne pas avoir les mains sales, ni quelque chose à cacher. Ce n'est quand même pas ça qui allait nous empêcher d'enquêter sur un meurtre !

– Sauf qu'il n'y avait justement pas d'enquête. Tout le monde se fichait pas mal de la Toupie.

– Parce que vous dissimuliez des preuves.

Je fis non de la tête.

– Cela n'a pas de sens, dis-je. Je n'avais rien de tangible sur la mort de Jablon. J'avais seulement de quoi affirmer qu'il faisait chanter plusieurs personnes. Ça aurait pu se retourner contre lui, mais il avait déjà été assassiné, et je ne crois pas que vous teniez particulièrement à le sortir de la morgue pour le flanquer dans une cellule. Dès que j'ai eu la preuve qu'on l'avait tué, je vous l'ai refilée. Ecoutez, on ne va pas passer la journée à s'engueuler. Pourquoi est-ce que vous ne lancez pas un mandat d'amener contre Beverly Ethridge ?

– En l'accusant de quoi ?

– Deux chefs d'accusation : association de malfaiteurs dans le but de commettre un meurtre.

– Vous avez les preuves du chantage ?

– Bien à l'abri. Au fond d'un coffre dans une banque. Je peux tout vous rapporter dans une heure.

– Je vous accompagne.

Je regardai Guzik bien en face, et il ajouta :

– Juste pour m'assurer de ce que contient cette enveloppe, Scudder.

Jusque-là, il m'avait appelé Matt. Je me demandai à quel jeu il voulait jouer. Il allait peut-être simplement à la pêche, au cas où, mais il avait sans doute une idée derrière la tête. Ou bien il voulait prendre ma place de pseudo-maître-chanteur, sauf que ce qui le ferait courir, ce serait l'argent, pour de bon, et pas le nom d'un assassin ; ou bien il s'imaginait que les autres pigeons avaient commis de vilains crimes et qu'en les arrêtant il aurait droit à des lauriers. Je ne le connaissais pas suffisamment bien pour savoir laquelle de ces motivations pouvait coller avec le bonhomme, mais ça ne changeait pas grand-chose.

– Je ne comprends pas, dis-je. Je vous apporte sur un plateau d'argent de quoi arrêter quelqu'un pour homicide, et vous voudriez bousiller le plateau ?

– Je vais envoyer deux gars pour embarquer Ethridge. Pendant ce temps, vous et moi on va aller ouvrir ce coffre.

– Je pourrais oublier où j'ai mis la clé.

– Et moi je pourrais vous mener la vie dure.

– Ce n'est déjà pas une partie de plaisir. Bon, la banque est à deux pas d'ici.

– Il pleut encore, dit-il. Allons-y en bagnole.

Guzik nous conduisit jusqu'à l'agence de la Manufacturers Hanover, au coin de la 57e Rue et de la Huitième Avenue. Il gara la voiture devant un arrêt de bus. Tout cela pour nous épargner quelques minutes de marche, alors que la pluie avait quasiment cessé de tomber. Nous entrâmes dans la banque et descendîmes jusqu'à la salle des coffres, où je remis ma clé à un garde et signai le registre.

– J'ai vu un truc incroyable, il y a quelques mois, dit Guzik tout sourire maintenant que je lui obéissais. Une fille avait payé ses huit dollars annuels pour louer un coffre à la Chemical Bank, et elle descendait l'ouvrir trois ou quatre fois par jour. Toujours accompagnée par un homme, mais jamais le même. Alors la banque a eu des soupçons, et elle nous a demandé de procéder à une vérification, et voilà-t-y pas qu'on découvre que la fille est une pute ! Au lieu de payer dix dollars pour une chambre d'hôtel, elle racolait ses michetons dans la rue et les amenait à la banque. C'est dingue, non ? Elle sortait son coffre, on la laissait dans une petite pièce qu'elle fermait à clé pour être sûre de ne pas être dérangée, et puis elle faisait une passe vite fait et mettait le fric dans le coffre qu'elle n'avait plus qu'à refermer. Ça ne lui coûtait que huit dollars par an au lieu de dix dollars par passe et en plus elle était davantage en sécurité que dans un hôtel, parce que si elle levait un cinglé, il n'allait pas essayer de la démolir au beau milieu d'une banque. Elle pouvait être certaine qu'on ne lui taperait pas dessus, et qu'on ne lui piquerait pas son fric non plus. Le rêve, quoi !

Pendant qu'il racontait son histoire, le garde s'était servi de sa clé et de la mienne pour sortir le coffre de la chambre forte. Il me le remit et nous conduisit jusqu'à un petit salon. Nous entrâmes, et Guzik ferma la porte à clé. La pièce me parut un peu étroite pour que deux personnes puissent y faire l'amour, mais il paraît que cela se pratique même dans les toilettes des avions, et en comparaison l'endroit était plutôt spacieux.

Je demandai à Guzik ce qui était arrivé à la fille.

– Oh, nous avons conseillé à la banque de ne pas porter plainte contre elle, parce que ç'aurait pu donner des idées à toutes les prostituées du coin. Nous leur avons suggéré de lui rembourser le montant de la location, en lui disant qu'ils ne voulaient plus qu'elle soit leur cliente, et j'imagine que c'est ce qu'ils ont fait. Elle s'est probablement contentée de traverser la rue pour installer son petit commerce dans une autre banque...

– Mais vous n'avez jamais eu de nouvelle plainte ?

– Non. Elle a peut-être un ami à la Chase Manhattan.

Sa blague le fit rire très fort, puis il s'interrompit brutalement et dit :

– Voyons ce qu'il y a dans la boîte, Scudder.

– Ouvrez-la vous-même, dis-je en la lui tendant.

Ce qu'il fit. Pendant qu'il en examinait le contenu, j'observais son visage. Il commenta les photos d'un air averti, lut attentivement tout ce qui pouvait l'être. Tout d'un coup, il leva les yeux vers moi.

– Tout cela concerne Mme Ethridge.

– On dirait, oui.

– Et les autres ?

– On dirait que ces coffres ne sont pas aussi bien gardés qu'ils sont censés l'être. Quelqu'un a dû venir et emporter le reste.

– Espèce de fils de pute.

– Vous avez tout ce qu'il vous faut, Guzik. Ni plus ni moins.

– Vous avez pris un coffre différent pour chacun d'eux. Il y en a combien comme ça ?

– Quelle importance ?

– Fils de pute. Puisque c'est comme ça, on va retourner demander au garde combien vous avez de coffres ici, et on ira les voir l'un après l'autre.

– Si vous voulez. Mais je peux vous faire gagner du temps.

– Ah oui ?

– Il n'y a pas seulement trois coffres différents, Guzik. Il y a trois banques différentes. Et oubliez l'idée de me secouer comme un prunier jusqu'à ce que les clés tombent par terre, ou de refiler un chèque aux employés, ou de faire quoi que ce soit d'autre. En fait, la bonne idée, ce serait d'arrêter de me traiter de fils de pute, parce que je pourrais l'avoir mauvaise et décider de ne plus vous aider dans votre enquête. Rien ne me force à coopérer, vous savez. Et sans moi, votre histoire partirait en fumée. Vous arriveriez peut-être à trouver le joint entre Ethridge et Lundgren, mais vous auriez sacrément du mal à dénicher ce dont l'attorney aurait besoin pour porter l'affaire devant les tribunaux.

Nous nous observâmes pendant un moment. Plusieurs fois, il fut au bord de dire quelque chose. Finalement, quelque chose se modifia sur son visage, et je sus qu'il préférait laisser tomber. Il avait obtenu assez, il n'en aurait pas davantage, et on pouvait lire sur sa tête qu'il le savait.

– Et merde ! dit-il. C'est parce que je suis flic, alors je veux toujours aller au fond des choses. J'espère que je ne vous ai pas froissé.

– Pas du tout.

Je me dis que je ne devais pas être très convaincant.

– A l'heure qu'il est, ils ont dû tirer Ethridge du lit. Je vais y aller pour entendre ce qu'elle a à dire. Cela promet d'être intéressant. Mais peut-être qu'ils ne l'ont pas tirée du lit. A voir ces photos, ça a l'air plus agréable de l'y rejoindre que de l'en tirer. Vous y avez déjà goûté, Scudder ?

– Non.

— Moi, ça ne me gênerait pas. Vous voulez retourner au poste avec moi ?

Je ne voulais aller nulle part avec lui. Et je ne voulais pas voir Beverly Ethridge.

— Désolé, dis-je. J'ai un rendez-vous.

17

Je passai une demi-heure sous la douche, aussi chaude que je pouvais le supporter. La nuit avait été longue et, à part le moment où je m'étais assoupi sur la chaise de Birnbaum, je n'avais pas dormi. J'avais été à deux doigts de me faire buter, et j'avais tué l'homme qui avait essayé de m'avoir. Le cow-boy Marlboro, John Michael Lundgren. Il aurait eu trente et un ans dans un mois. Je l'avais imaginé plus jeune, vingt-six ans peut-être. Evidemment, je ne l'avais pas vu sous le meilleur éclairage.

Qu'il soit mort ne me dérangeait pas. Il avait voulu me tuer et semblait se réjouir à l'idée de le faire. Il avait abattu la Toupie, et il n'était pas impossible qu'il en ait descendu d'autres auparavant. Ce n'était peut-être pas un professionnel, mais il avait l'air d'y prendre plaisir. Il était clair qu'il aimait jouer du couteau et que cela le mettait dans un état d'excitation sexuelle, comme tous les types qui préfèrent les lames. Les armes blanches ont une connotation phallique plus forte encore que les armes à feu.

Je me demandai s'il ne s'en était pas servi pour la Toupie. Les services de médecine légale ne peuvent pas toujours tout voir. Il y a longtemps, j'avais entendu parler du cas d'une noyée, non identifiée à l'époque, que l'on avait repêchée dans l'Hudson, puis autopsiée et enterrée sans que personne ne s'aperçoive qu'elle avait une balle dans le crâne. Cela n'était apparu que parce qu'un malade mental lui avait coupé la tête avant l'enterrement : il voulait le crâne pour décorer son bureau. Finalement, on retrouva la balle, la femme fut identifiée d'après les empreintes dentaires, et on découvrit qu'elle avait disparu de son domicile du New Jersey quelques mois auparavant.

Je rêvassais en jouant avec ce genre d'histoires, parce qu'il y avait certains sujets que je préférais éviter, mais au bout d'une demi-heure j'éteignis la douche, pris la serviette pour me sécher et téléphonai au concierge de ne pas me passer de communications et de me réveiller à une heure tapante.

Je n'aurais certainement pas besoin de lui : je savais très bien que je n'arriverais pas à dormir. Le moment était venu de m'étirer sur le lit, de fermer les yeux et de penser enfin à Henry Prager et à la façon dont je l'avais assassiné.

Henry Prager.

John Lundgren était mort, je l'avais tué en lui cassant le cou, et cela ne me gênait aucunement, parce qu'il avait tout fait pour en arriver là. La police cuisinait Beverly Ethridge, et il était probable qu'ils trouveraient suffisamment de raisons pour la mettre à l'ombre pendant quelques années. Il se pouvait aussi qu'elle s'en tire si les charges n'étaient pas assez consistantes, mais l'un dans l'autre, ce qui comptait, c'était que la Toupie était vengé. Elle pouvait dire adieu à son mariage, à la haute société et aux cocktails de l'hôtel Pierre. Elle pouvait dire adieu à une bonne partie de son existence, et cela non plus ne me dérangeait pas, car elle ne méritait certainement pas autre chose.

Mais Henry Prager n'avait jamais tué personne, je l'avais tellement poussé à bout qu'il s'était fait sauter la cervelle, et cela me paraissait totalement injustifiable. Déjà malade quand je le croyais coupable de meurtre, je l'étais encore plus maintenant que je savais qu'il était innocent.

Oh, bien sûr, il y avait moyen de rationaliser tout cela. Il était clair que ses affaires allaient mal. Qu'il avait mal géré ses investissements ces derniers temps. Qu'il s'était retrouvé le dos au mur, et pas qu'une fois. Il était du genre maniaco-dépressif à tendance suicidaire. Tout cela était bien beau, mais la réalité, c'était que j'avais fait pression sur un homme qui n'était en aucun cas en état de le supporter. C'était la goutte qui avait fait déborder le vase, et il n'y avait pas moyen de m'en sortir avec de jolis arguments rationnels, parce que ce n'était pas une simple coïncidence si c'était lors de ma visite qu'il avait mis le canon du pistolet dans sa bouche et pressé la détente.

J'étais allongé, les yeux fermés, et j'avais envie de boire un coup. Mais vraiment très envie.

Cela attendrait. Au moins jusqu'à mon rendez-vous. Après que j'aurais dit à un jeune pédéraste plein d'avenir qu'il ne me devait pas cent mille dollars, et que s'il réussissait à berner assez de gens, et suffisamment longtemps, il ne fallait surtout pas qu'il se gêne pour devenir gouverneur.

A la fin de notre entretien, j'eus le sentiment qu'après tout Huysendahl ne ferait pas un si mauvais gouverneur. Il avait dû se rendre compte, dès l'instant où je m'étais assis devant son bureau, en face de lui, qu'il était dans son intérêt d'écouter ce que j'avais à dire sans m'interrompre. Ce que je lui révélai devait constituer une surprise de taille, mais il resta assis, l'air absorbé, écoutant attentivement, hochant la tête de temps à autre comme pour ponctuer à ma place chacune de mes phrases. Je lui dis que je le délivrais, que d'ailleurs il n'avait jamais trempé dans rien de gênant, que tout cela n'avait constitué qu'un moyen de coincer un meurtrier sans être obligé de laver en public le linge sale d'autres personnes. Je pris mon temps pour tout lui raconter, car je tenais à ce que tout soit dit du premier coup.

Quand j'eus fini, il se laissa aller en arrière dans son fauteuil et regarda le plafond. Puis ses yeux vinrent rencontrer les miens et il prononça le mot de la fin :

– Extraordinaire.

– J'étais obligé de faire pression sur vous comme sur les autres, repris-je. Je n'aimais pas cela, mais je n'avais pas le choix.

– Oh, ce n'était pas si douloureux, monsieur Scudder. J'ai compris que vous étiez un homme raisonnable et qu'il ne s'agissait que de réunir une certaine somme d'argent, ce qui ne m'a jamais semblé irréalisable.

Il croisa les mains sur la table, et ajouta :

– J'ai du mal à digérer tout ça d'un seul coup. On ne pouvait que vous prendre pour un véritable maître-chanteur, vous savez. Et maintenant, c'est comme si cela n'avait jamais existé. Je ne pensais pas qu'on puisse autant s'amuser de s'être fait berner. Mais... les photos...

– Elles ont toutes été détruites.

– Je dois vous croire sur parole, n'est-ce pas ? Alors d'accord, je vous crois. Cependant, je pourrais faire une objection. Elle ne serait évidemment recevable que si vous étiez un maître-chanteur, ce qui est absurde, bien entendu. Mais si c'était le cas, je devrais croire sur parole que vous ne conservez pas de copies de ces photos, vous comprenez ? On en reviendrait toujours à cela. Mais comme vous ne m'avez finalement pas extorqué d'argent, je n'ai pas à m'inquiéter de savoir si vous chercherez à le faire à l'avenir. Je me trompe ?

— J'avais pensé vous apporter les photos. Puis je me suis dit que je pourrais me faire renverser par un bus en venant ici, ou bien oublier l'enveloppe dans un taxi…

La Toupie, pensai-je, avait eu lui aussi peur de se faire renverser par un bus. J'ajoutai, à l'adresse de Huysendahl :

— Il m'a donc semblé plus simple de les brûler.

— Je vous promets que je n'avais aucune envie de les voir. Je me sens déjà beaucoup mieux, rien que d'avoir la certitude qu'elles ont été détruites. (Ses yeux sondèrent les miens.) Vous avez couru un sacré risque, dit-il, vous ne croyez pas ? Vous auriez pu vous faire tuer.

— J'ai failli. Deux fois.

— Je n'arrive pas à comprendre pourquoi vous avez tenté le diable de cette façon.

— Je ne suis pas certain de le savoir moi-même. Disons que j'ai rendu service à un ami.

— Un ami ?

— Jablon la Toupie.

— Vous vous êtes choisi un drôle d'ami, vous ne pensez pas ?

Je haussai les épaules.

— Quoi qu'il en soit, reprit-il, vos raisons n'ont pas grande importance. Ce qui est sûr, c'est que vous avez parfaitement réussi.

Je n'en étais pas si convaincu. Huysendahl continua :

– Quand vous êtes venu la première fois pour me dire que vous pouviez récupérer ces photos, vous avez exigé une rançon, sous forme de récompense. Une belle somme, qui plus est. (Il sourit.) Je crois qu'après tout vous méritez une récompense. Peut-être pas cent mille dollars, mais quand même quelque chose de substantiel. Je n'ai pas beaucoup de liquide sur moi…

– Un chèque suffira.

– Vraiment ?

Il m'observa un instant, puis il ouvrit un tiroir, en sortit un chéquier grand format, avec trois chèques par page. Il ôta le capuchon de son stylo, inscrivit la date et leva les yeux vers moi.

– Pourriez-vous suggérer un montant ?

– Dix mille dollars, dis-je.

– Vous n'avez pas mis longtemps à trouver ce chiffre.

– Ça représente le dixième de ce que vous étiez prêt à payer à un maître-chanteur. Ça me paraît raisonnable.

– Tout à fait. C'est même une affaire, de mon point de vue. Voulez-vous que le chèque vous soit payable immédiatement ou bien désirez-vous le créditer sur votre compte ?

– Ni l'un ni l'autre.

– Pardon ?

Il n'entrait pas dans mes compétences de lui pardonner. Je lui dis simplement :

– Je ne veux pas d'argent pour moi. Quand la Toupie m'a engagé, il m'en a donné suffisamment.

– Alors…

– Mettez-le à l'ordre de Boys Town. Father Flanagan's Boys Town. C'est dans le Nebraska, je crois.

Il posa son stylo pour m'observer. Son visage s'empourpra légèrement et, tout à coup, son sens de l'hu-

mour reprit le dessus, à moins que ce ne soit le politi-
cien, et il renversa la tête en arrière et partit d'un grand
éclat de rire. Un sacré rire. Je ne sais pas si c'était cal-
culé, mais il avait tout l'air d'être authentique.

Il signa le chèque et me le tendit. Il me dit qu'il
s'étonnait de voir que j'avais à ce point le sens d'une
justice immanente. Je pliai le chèque et le mis dans
ma poche. Il ajouta :

— Vous avez visé juste avec Boys Town. Vous
savez, Scudder, tout ça, c'est vraiment du passé. Je
veux parler du contenu de ces photos. C'était une mal-
heureuse faiblesse, un véritable handicap, mais tout ça
est bien loin.

— Si vous le dites.

— En fait, même le désir a bel et bien disparu, le
démon a été exorcisé. Et même si ce n'était pas tout à
fait le cas, je n'aurais aucune difficulté à résister à
cette pulsion. J'ai maintenant une carrière bien trop
importante à mes yeux pour la mettre en péril. Ces
derniers mois, j'en ai assez fait l'expérience.

Je ne répondis pas. Il se leva et fit quelques pas pour
me parler de tous les projets qu'il avait pour notre bel
Etat de New York. Je n'y prêtai guère attention.
J'écoutai le son de sa voix, et me dis qu'il avait l'air
sincère. Il tenait à tout prix à devenir gouverneur, il
n'y avait jamais eu de doute là-dessus, et il me sem
blait maintenant que ses motivations étaient raison-
nables.

— Eh bien, conclut-il enfin, on dirait que j'ai quand
même trouvé l'occasion de vous faire un discours,
n'est-ce pas ? Pourrai-je compter sur votre vote, Scudder ?

— Non.

— Ah, bon ? Il m'a pourtant semblé que c'était un
bon discours...

– Je ne voterai pas contre vous non plus. Je ne vote pas, c'est tout.

– C'est votre devoir de citoyen, Scudder.

– Je suis un citoyen pourri.

Ça le fit sourire, pour des raisons qui m'échappèrent.

– Vous savez, Scudder, j'aime assez votre manière d'être. Malgré les ennuis que vous m'avez causés, j'apprécie vos façons de faire. C'était déjà le cas avant même que j'apprenne que cette histoire de chantage n'était qu'une façade.

Puis il ajouta à voix basse, sur un ton confidentiel :

– Pour quelqu'un comme vous je pourrais trouver un très bon poste dans mon organisation.

– Les organisations ne m'intéressent pas. J'ai passé quinze ans dans l'une d'elles.

– La police ?

– C'est exact.

– Peut-être me suis-je mal exprimé. Vous n'en feriez pas littéralement partie. Vous travailleriez pour moi.

– Je n'aime pas travailler pour quelqu'un d'autre.

– Vous appréciez l'existence que vous menez ?

– Pas particulièrement.

– Mais vous ne voulez pas en changer…

– C'est cela.

– C'est votre choix, dit-il. Pourtant, ça m'étonne. Vous êtes quelqu'un de profond. On pourrait penser que vous voudriez accomplir davantage de choses dans ce monde. Que vous pourriez avoir davantage d'ambition, et si ce n'est pour votre bénéfice personnel, du moins pour le bien de l'humanité.

– Je vous ai dit que j'étais un citoyen pourri.

– Parce que vous ne faites pas usage de votre droit de vote, oui. Mais il me semble… Enfin, si jamais vous changez d'avis, monsieur Scudder, mon offre tiendra toujours.

Je me levai. Il en fit autant et me tendit la main. Je ne tenais pas particulièrement à la prendre, mais je ne voyais pas comment faire autrement. Il secoua vigoureusement la mienne, ce que je trouvai de bon augure. Il aurait encore beaucoup de mains à serrer s'il voulait gagner les élections.

Je me demandai s'il avait vraiment abandonné sa passion pour les jeunes garçons. Non pas que j'y attache de l'importance. Les photos que j'avais vues m'avaient retourné l'estomac, mais je n'avais pas d'objection morale particulière. Le garçon qui avait posé devant l'objectif avait été payé pour ça, et le faisait en toute connaissance de cause. J'avais serré la main de Huysendahl contre mon gré, et je n'aurais jamais souhaité boire un verre en sa compagnie, mais je me dis qu'il ne serait pas pire au poste de gouverneur que n'importe quel autre fils de pute qui voudrait faire ce job.

18

Il était environ trois heures lorsque je quittai le bureau de Huysendahl. L'idée me traversa l'esprit d'appeler Guzik pour voir où ils en étaient avec Beverly Ethridge, mais je décidai finalement d'économiser mes dix cents. Je n'avais pas envie de lui parler, et tout cela n'avait finalement pas tellement d'importance. Je marchai un bon moment, puis je m'arrêtai pour déjeuner dans Warren Street. Je n'avais pas vraiment d'appétit, mais cela faisait un bout de temps que je n'avais rien avalé et mon estomac commençait à se plaindre d'être maltraité. Je pris des sandwichs et du café.

Un moment après, je me remis en route. J'avais eu l'intention de passer à la banque où se trouvaient les documents concernant Henry Prager, mais il était trop tard, elle était fermée. Je décidai d'y passer le lendemain matin pour tout détruire au plus vite. Prager ne risquait plus rien, mais il y avait encore sa fille, et je me sentirais mieux quand j'aurais fait disparaître ce que la Toupie m'avait légué.

Je finis par prendre le métro et descendis à Columbus Circle. En arrivant à l'hôtel, je trouvai un message pour moi. Anita voulait que je la rappelle.

Je montai à ma chambre et j'écrivis l'adresse de Boys Town sur une enveloppe toute simple. J'y mis le chèque de Huysendahl, collai un timbre dessus et conclus ce prodigieux acte de foi en allant déposer le tout dans la boîte aux lettres de l'hôtel. De retour dans ma chambre, je comptai l'argent que j'avais pris au cow-boy Marlboro. Deux cent quatre-vingts dollars. Une église parmi d'autres allait bientôt hériter de vingt-huit dollars, mais je n'avais pas vraiment envie d'aller déposer mon obole tout de suite. Je n'avais d'ailleurs aucune envie particulière.

Cette histoire était réglée. Il ne me restait plus rien à faire, et je me sentais complètement vidé. Si Beverly Ethridge devait passer en jugement, ce ne serait pas avant plusieurs mois. J'y serais sans doute appelé à témoigner, et cette perspective ne me dérangeait pas outre mesure. Cela m'était arrivé déjà plusieurs fois. Je n'avais plus rien à faire. Huysendahl était libre d'essayer de devenir gouverneur, au gré des caprices des ténors de la politique et du grand public ; Beverly Ethridge se retrouvait piégée pour de bon, et l'on enterrerait Henry Prager dans un jour ou deux. La main avait écrit et lui s'était effacé tout seul. Le rôle que j'avais joué dans son existence s'était achevé avec elle. Une personne de plus pour laquelle j'allumerais des cierges inutiles, et voilà tout.

J'appelai Anita.

— Merci pour le mandat, dit-elle. J'apprécie.

— J'aimerais pouvoir t'annoncer que la suite arrive, lui dis-je, mais ce n'est pas le cas.

— Tu vas bien ?

— Oui, pourquoi ?

— A t'entendre, tu as l'air d'avoir changé. Je ne pourrais pas dire précisément comment, mais tu as changé.

— La semaine a été longue.

Il y eut un silence. Nos conversations s'interrompent souvent sur des silences. Puis elle dit :

– Les garçons se demandaient si tu pourrais les accompagner à un match de basket.

– A Boston ?

– Pardon ?

– Les Knicks sont dans les choux. Ils ont été écrasés par les Celtics il y a quelques jours. C'était l'événement de la semaine.

– Ils veulent voir les Nets, dit-elle.

– Oh.

– Je crois qu'ils sont en finale. Contre l'équipe de l'Utah, il me semble.

– Ah.

Je n'arrive jamais à me rappeler que New York possède une autre équipe de basket-ball. Je ne sais pas pourquoi. J'ai déjà emmené mes fils au Nassau Coliseum pour voir les Nets, mais j'oublie toujours leur existence. Je lui demandai quand le match aurait lieu.

– Ils jouent à domicile samedi soir.

– On est quel jour ?

– Tu es sérieux ?

– Ecoute, quand j'y penserai, je m'achèterai une montre qui affiche la date. Quel jour sommes-nous ?

– Jeudi.

– On aura sans doute du mal à trouver des places.

– Oh, tout est déjà vendu. Mais les garçons ont pensé que tu connaissais peut-être quelqu'un.

Je songeai à Huysendahl. Ça lui ferait sans doute plaisir de rencontrer mes fils. Il pourrait certainement nous refiler des places. Cela dit, je connaissais suffisamment d'autres personnes susceptibles de trouver des places à la dernière minute et qui seraient disposées à me rendre ce service.

– Je ne sais pas, dis-je. C'est un peu tard.

Je pensai qu'en fait je n'avais pas envie de voir mes fils, qui plus est seulement deux jours plus tard, et que je ne sache pas pourquoi ne changeait rien à l'affaire. Je me demandai aussi s'ils tenaient vraiment à ce que je les accompagne, si leur désir ne se limitait pas plutôt à vouloir assister au match, et s'ils ne faisaient pas appel à moi juste pour que je leur trouve des places. Je questionnai Anita sur les autres matchs à domicile.

– Il y en a un jeudi. Mais ils vont à l'école le lendemain.

– C'est quand même beaucoup plus envisageable que samedi.

– Tu sais que je n'aime pas qu'ils sortent tard le soir en semaine.

– Je devrais pouvoir obtenir des places pour le match de jeudi.

– Je...

– Pour samedi, ça m'étonnerait, mais pour jeudi, ça ne devrait pas poser de problème. Et puis ce sera plus tard dans le championnat, le match aura d'autant plus d'intérêt.

– Alors, c'est comme ça que tu vois les choses. Si je dis non parce qu'ils vont à l'école le lendemain, c'est moi qui ai le mauvais rôle.

– Je crois que je vais raccrocher.

– Non, ne fais pas ça. D'accord, disons jeudi. Tu rappelles quand tu as les billets ?

Je répondis que oui.

C'était étrange : j'avais envie de me saouler, mais pas vraiment envie de boire. Je restai un moment assis dans ma chambre, puis je descendis, marchai jusqu'au parc et m'installai sur un banc. Deux gamins se dirigèrent vers un autre banc à proximité, apparemment avec une intention bien arrêtée. Ils s'assirent, allumèrent une cigarette, puis l'un d'entre eux s'avisa de ma présence, donna un coup de coude à son compagnon, et celui-ci m'observa attentivement. Ils se levèrent et s'éloignèrent, jetant de temps à autre un coup d'œil en arrière pour vérifier que je ne les suivais pas. Je ne bougeai pas. Je me dis que l'un d'entre eux s'apprêtait certainement à vendre de la drogue à l'autre, et qu'après m'avoir regardé ils avaient préféré ne pas conclure leur transaction sous les yeux de quelqu'un qui avait l'air d'un policier.

Je ne sais pas combien de temps je restai sur ce banc. Peut-être deux heures. De temps à autre, un mendiant s'approchait de moi. Parfois, je contribuais à l'achat d'une bouteille de vin doux. D'autres fois, je disais au clochard de foutre le camp.

Quand je sortis du parc pour me diriger vers la Neuvième Avenue, l'église de Saint-Paul avait fermé ses portes. Ça n'empêchait pas le casino en contrebas d'ouvrir les siennes. Il était trop tard pour aller prier, mais c'était pile l'heure du loto.

L'Armstrong's était ouvert et comme j'avais passé une longue nuit et une longue journée au régime sec, je leur dis de laisser tomber le café.

Des quelque quarante heures qui suivirent je n'ai qu'un souvenir extrêmement confus. Je ne sais pas combien de temps je passai au bar, ni où j'allai ensuite. A un moment donné, ce devait être le vendredi matin, je me réveillai pour me retrouver seul dans une chambre d'hôtel sordide, sans doute près de la 40ᵉ Rue, le genre d'endroit où les putes de Times Square amènent leurs clients. Mais je ne me souvenais pas d'y être venu avec une femme, et puis j'avais encore tout mon argent sur moi. J'avais donc dû débarquer tout seul. Sur la commode, il y avait une bouteille de bourbon aux deux tiers vide. Je sifflai ce qui restait, quittai l'hôtel et repartis picoler. Je perdis plusieurs fois le contact avec la réalité, puis, à un moment ou à un autre de la nuit, je dus me dire que ça suffisait comme ça, car je réussis à retrouver le chemin de mon hôtel.

La sonnerie du téléphone me réveilla le lendemain matin. Il me sembla entendre sonner longtemps avant de parvenir à me relever pour atteindre la table de nuit. Je commençai par faire tout tomber, et quand j'eus fini de tripoter le combiné pour réussir à le coller contre mon oreille, mes neurones s'étaient remis à fonctionner à peu près correctement.

C'était Guzik.

– Vous êtes difficile à joindre, dit-il. J'essaie de vous joindre depuis hier. Vous n'avez pas reçu mes messages ?

– Je ne me suis pas arrêté à la réception.

– J'ai à vous parler.

– De quoi ?

– Je vous le dirai quand je vous verrai. J'arrive dans dix minutes.

Je lui demandai de me laisser une demi-heure. Il répondit qu'il m'attendrait en bas dans le hall. Je dis que c'était parfait.

Je passai sous la douche, d'abord chaude, puis froide. Je pris deux aspirines que j'avalai avec beaucoup d'eau. J'avais la gueule de bois, ce que je méritais assez, mais, à part cela, je me sentais plutôt bien. Je m'étais purgé en buvant. Je conserverais en moi les séquelles de la mort de Henry Prager – on ne se débarrasse pas complètement d'un tel fardeau –, mais j'avais réussi à noyer dans l'alcool un excès de culpabilité jusque-là insupportable.

Je roulai en boule les vêtements que je venais de quitter et les fourrai dans un placard. Je déciderais plus tard si le teinturier serait capable de les remettre en état, mais pour l'instant je ne voulais même pas y penser. Je me rasai, enfilai des vêtements propres et bus deux autres verres d'eau du robinet. L'aspirine avait effacé le mal de crâne, mais j'étais complètement déshydraté après toutes ces heures passées à boire, et chaque cellule de mon corps était prise d'une soif inextinguible.

J'arrivai dans le hall avant Guzik. Je vérifiai à la réception et appris qu'il avait appelé quatre fois. Il n'y avait pas d'autre message, et aucune lettre importante. J'étais en train de lire ce courrier sans intérêt (une compagnie d'assurances s'engageait à m'envoyer gratuitement un bloc-notes relié en cuir si j'acceptais de leur indiquer ma date de naissance) quand il débarqua. Il portait un costume bien coupé, et il fallait l'observer attentivement pour s'apercevoir qu'il dissimulait un pistolet.

Il s'approcha et s'assit à côté de moi. Il répéta qu'il avait eu du mal à me joindre.

— Je voulais vous parler après avoir vu Ethridge, dit-il. C'est une sacrée nana, non ? D'abord, elle a l'air vachement classe et, tout d'un coup, pfuit ! la classe disparaît. Pendant un moment on se dit qu'il est impossible qu'elle ait été prostituée, et dans la seconde qui suit on ne peut pas l'imaginer autrement.

— C'est vrai, elle est assez bizarre.

— Ouais, et en plus elle sort aujourd'hui.

— On l'a libérée sous caution ? Je pensais qu'on l'inculperait d'homicide volontaire.

— Il n'y a pas de caution, Matt. Ni d'inculpation non plus. On n'a rien trouvé contre elle.

181

Je le regardai droit dans les yeux. Je sentais mes avant-bras se crisper.

– Combien est-ce que ça lui a coûté ?

– Je vous l'ai dit, elle n'a pas eu besoin de caution. Nous...

– Combien a-t-elle payé pour échapper à une inculpation pour meurtre ? J'ai toujours entendu dire qu'on pouvait s'en tirer si on en avait les moyens. Je ne l'ai jamais vu faire, mais j'en ai entendu parler, et...

Il était au bord de me balancer un coup de poing, et j'espérai très fort qu'il allait le faire. J'aurais un bon prétexte pour l'expédier dans le mur. Je vis les muscles de son cou se contracter, et ses yeux devinrent deux fentes. Puis il se détendit et son visage retrouva sa couleur.

– Vous n'arrivez pas à imaginer autre chose, hein ?

– Quoi ?

– Il n'y a rien qu'on puisse retenir contre elle, répéta-t-il en hochant la tête. C'est ce que j'essaie de vous faire comprendre.

– Et Jablon la Toupie ?

– Elle ne l'a pas tué.

– C'est l'autre voyou qui l'a fait. Son mac. Ou peut-être autre chose, d'ailleurs on s'en fout. Lundgren.

– Pas possible.

– Hé merde !

– Impossible, dit Guzik. Il était en Californie. Dans un bled qui s'appelle Santa Paula, à mi-chemin entre Los Angeles et Santa Barbara.

– Il a pris l'avion pour venir et repartir.

– Pas moyen. Il est arrivé là-bas plusieurs semaines avant qu'on repêche la Toupie, il n'en est reparti que plusieurs jours après, et personne ne peut mettre en doute son alibi. Il a tiré trente jours à la prison de Santa Paula. Il avait été arrêté pour agression et a plaidé l'état d'ivresse. Il a fait ses trente jours, sans remise de peine. Il ne pouvait matériellement pas se trouver à New York quand la Toupie s'est fait descendre.

Je n'arrivai pas à détacher mon regard de lui.

– On pensait qu'elle avait un autre petit ami. On aurait pu essayer de le retrouver. Et puis on s'est dit que ça n'avait pas de sens : pourquoi est-ce qu'elle aurait envoyé un type pour descendre la Toupie et un autre pour vous buter ? Insensé.

– Et alors ? Il m'a bien agressé, non ?

– Et alors ? (Il haussa les épaules.) Peut-être que c'est elle qui l'a envoyé. Peut-être pas. Elle jure que non. Elle raconte qu'après que vous lui ayez dit que vous preniez la suite de Jablon, elle l'a appelé pour lui demander conseil, et qu'il est venu en avion pour voir ce qu'il pouvait faire. Elle lui a demandé de ne pas recourir à la violence, parce qu'elle pensait pouvoir vous acheter. C'est elle qui le dit, mais… Comme si on pouvait s'attendre à autre chose. Elle voulait peut-être qu'il vous tue, peut-être pas. Toujours est-il que Lundgren est mort, et nous n'avons personne d'autre qui puisse nous fournir des éléments suffisants pour la mettre dans le bain. Il n'y a aucun lien tangible entre elle et l'agression dont vous avez été victime, rien qui puisse étayer une accusation. On peut prouver qu'elle connaissait Lundgren et qu'elle avait une bonne raison de vouloir votre mort. Mais il n'y a aucun moyen de prouver qu'elle ait pu être complice ou commanditaire, rien qui permette d'ordonner une mise en accusation, et je ne pense pas qu'il se trouverait une seule personne dans les services du district attorney pour prendre cette affaire au sérieux.

– Il n'est pas possible que les registres de Santa Paula soient erronés ?

– Non. Et la Toupie n'a pas passé un mois entier dans l'eau, c'est certain.

– Là-dessus, je suis d'accord. Il était encore vivant dix jours avant qu'on le repêche : je l'ai eu au téléphone. Je ne comprends pas. Elle doit bien avoir un autre complice.

– Possible. Le détecteur de mensonges dit que non.

– Elle a donné son accord pour passer le test ?

– On ne lui a rien demandé. C'est elle qui l'a réclamé. En ce qui concerne la Toupie, les résultats sont sans appel. Quant à l'agression contre vous, ce n'est pas aussi évident. L'expert qui lui a fait passer le test décèle un léger stress et pense qu'elle n'était pas sûre que Lundgren allait tenter de vous abattre. Il dit qu'elle devait se douter de ce qui allait arriver, mais que Lundgren et elle n'en avaient pas directement parlé, et que par la suite elle avait évité d'y réfléchir.

– Ces tests ne sont pas totalement fiables.

– Ils sont quand même assez précis, Matt. Parfois, ils donnent à penser que quelqu'un est coupable alors qu'il ne l'est pas, surtout si le technicien n'est pas très efficace. Mais s'il conclut que la personne est innocente, il y a de fortes chances pour qu'elle le soit vraiment. Je crois qu'on devrait pouvoir les utiliser en audience.

J'avais toujours été de cet avis. Je restai assis un moment à remuer toute cette histoire dans ma tête pour trouver comment les pièces du puzzle pouvaient s'ajuster. Je ne me pressai pas. Pendant ce temps, Guzik me raconta l'interrogatoire de Beverly Ethridge, ponctuant son récit d'observations sur ce qu'il aurait aimé faire avec elle. Je l'écoutais distraitement.

– Il n'a rien à voir avec la voiture, dis-je. J'aurais dû m'en douter.

– Quoi ?

– La voiture, répétai-je. Je vous ai raconté comment quelqu'un a voulu m'écraser, la nuit même où j'ai

184

débusqué Lundgren, et à l'endroit précis où il m'a attaqué avec sa lame. C'est pour ça que j'ai cru que c'était les deux fois la même personne.

— Vous n'avez pas vu le conducteur ?

— Non. Comme Lundgren m'avait suivi quelques heures avant, j'ai pensé que c'était lui qui avait fait le coup. Mais c'était impossible. Ce n'était pas son genre. Il aimait trop jouer du couteau pour ça.

— Qui alors ?

— La Toupie m'avait raconté qu'une bagnole avait aussi essayé de le renverser. De la même façon.

— C'était qui ?

— Tout ça, plus la voix au téléphone. Depuis, on ne m'a plus rappelé.

— Je ne comprends pas, Matt.

Je le regardai à nouveau.

— J'essaie de trouver le lien. Quelqu'un a tué la Toupie.

— Le tout est de savoir qui.

— C'est bien là qu'est le problème, dis-je.

— Une des autres personnes sur qui il avait des tuyaux ?

— Non, j'ai vérifié. Il y avait peut-être plus de gens qui lui en voulaient que ce qu'il m'en a dit. Ou bien il a voulu faire chanter quelqu'un d'autre après m'avoir remis l'enveloppe. Qu'est-ce que j'en sais ? Un type a pu le tabasser pour lui piquer son fric, cogner trop fort, paniquer et le balancer dans la flotte.

— Ça arrive.

— Bien sûr que ça arrive, dis-je.

— Vous pensez qu'on finira par trouver qui l'a descendu ?

Je fis non de la tête.

— Et vous ?

— Non, dit Guzik. Je ne crois pas.

19

Je n'étais encore jamais entré dans cet immeuble. Il y avait deux portiers, plus quelqu'un d'autre pour actionner l'ascenseur. Les portiers s'assurèrent que j'étais attendu, puis le liftier me propulsa d'un seul coup jusqu'au dix-huitième étage et m'indiqua la porte que je cherchais. Il ne bougea pas avant que j'aie appuyé sur la sonnette et qu'on m'ait laissé entrer.

L'appartement était aussi impressionnant que le reste de l'immeuble. Un escalier intérieur permettait d'accéder à un étage en duplex. Une domestique au teint olivâtre m'accompagna jusqu'à un grand salon aux murs lambrissés de chêne et orné d'une cheminée. La moitié des livres sur les étagères étaient reliés en cuir. C'était une pièce très agréable dans un appartement très spacieux. Il avait bien dû coûter deux cent mille dollars, et les charges d'entretien devaient se monter à quinze cents dollars par mois.

Quand on a suffisamment d'argent, on peut se payer à peu près tout ce dont on a envie.

– Monsieur vous rejoindra dans un instant, dit la domestique. Il vous suggère de vous servir à boire.

Du doigt, elle désigna un bar à côté de la cheminée. Il y avait un seau en argent rempli de glaçons, et deux douzaines de bouteilles. Je m'installai dans un fauteuil de cuir rouge pour l'attendre.

Il ne fut pas long. Il entra dans la pièce, vêtu d'un pantalon de flanelle blanche et d'un veston en tweed. Ses pieds étaient chaussés de pantoufles de cuir.

– Je suis à vous, dit-il.

Et il sourit pour me montrer à quel point il était sincèrement content de me voir.

– Vous boirez bien quelque chose.

– Pas tout de suite.

– A vrai dire, c'est un peu tôt pour moi aussi. Au téléphone, vous avez paru pressé de me rencontrer, monsieur Scudder. Vous avez sans doute changé d'avis concernant la proposition que je vous ai faite.

– Non.

– J'ai eu l'impression…

– C'était un prétexte pour venir ici.

Il fronça les sourcils.

– Je ne comprends pas très bien.

– Vous êtes sûr, monsieur Huysendahl ? Vous feriez mieux de fermer cette porte.

– Je n'apprécie pas le ton sur lequel vous me parlez.

– Je ne crois pas que vous apprécierez non plus ce que j'ai à vous dire. Cela vous plaira encore moins si la porte reste ouverte. Je pense que vous devriez aller la fermer.

Il faillit dire quelque chose, que cela lui était égal, ou peut-être y aller d'un commentaire sur le ton de ma voix, mais il préféra fermer la porte.

– Asseyez-vous, monsieur Huysendahl.

Il n'avait pas l'habitude de recevoir des ordres, mais plutôt d'en donner, et je crus un instant qu'il allait en faire une montagne. Mais il s'assit, et son air affecté ne suffit pas à dissimuler qu'il savait pertinemment ce qui m'amenait. Son visage confirma ce à quoi je m'attendais, parce qu'il n'y avait aucun autre moyen d'ajuster les pièces du puzzle.

187

– Allez-vous me dire ce que tout cela signifie ?

– Oui, mais je pense que vous savez déjà ce que j'ai à vous dire, non ?

– Absolument pas.

Par-dessus son épaule, je jetai un coup d'œil à un antique portrait à l'huile. Peut-être l'un de ses ancêtres. Je ne remarquai cependant pas de ressemblance.

– Vous avez tué Jablon la Toupie, dis-je.

– Vous êtes complètement fou.

– Non.

– Vous avez déjà découvert qui l'a tué. C'est ce que vous m'avez dit avant-hier.

– Je me suis trompé.

– Je ne vois pas où vous voulez en venir, Scudder...

– Mercredi soir, un homme a tenté de me tuer, dis-je. Vous êtes au courant. J'ai découvert qu'il était lié à une autre victime de Jablon et en ai déduit que c'était lui qui l'avait assassiné. J'ai donc pensé que cela vous disculpait. Mais il se trouve que depuis j'ai reçu des renseignements infirmant cette hypothèse : à l'heure de la mort de la Toupie, ce type était à l'autre bout du pays. Son alibi est en béton : il était en prison.

J'observai Huysendahl. Il avait retrouvé sa patience, m'écoutant avec la même attention que le jeudi précédent, lorsque je lui avais expliqué qu'il était lavé de tout soupçon. Je continuai :

– J'aurais dû penser qu'il n'était pas tout seul, que plus d'une victime avait décidé de réagir. L'homme qui a essayé de m'avoir faisait cavalier seul. Il préférait le couteau. Mais, auparavant, j'avais été attaqué par une ou plusieurs personnes dans une voiture volée. Et quelques minutes après, j'avais reçu un coup de fil de quelqu'un apparemment âgé, avec un accent new-yorkais. Il m'avait déjà appelé une fois. Il n'y avait aucune raison de croire que le joueur de couteau avait un comparse. Quelqu'un d'autre avait donc monté le coup de la bagnole, et ce quelqu'un avait défoncé le crâne de la Toupie avant de le jeter à l'eau.

– Cela ne veut pas dire que je sois mêlé à cette histoire.

– Je pense que si. Une fois l'homme au couteau hors jeu, il devient clair que tout vous désigne. Lui était un amateur, mais le guet-apens était à bien des égards l'œuvre de professionnels. Ils avaient volé la voiture dans un autre quartier, et elle était conduite par quelqu'un de très expérimenté. Ils étaient assez forts pour retrouver la Toupie alors qu'il avait tout fait pour les en empêcher. Vous aviez les moyens financiers d'engager des gens qualifiés. Et vous aviez les contacts.

– Ça ne tient pas debout.

– Oh que si, dis-je. J'y ai bien réfléchi. Je m'étais complètement trompé, lorsque je vous avais rencontré, en vous voyant réagir à l'annonce de la mort de Jablon. Vous n'étiez pas au courant avant que je vous montre l'article dans le journal. J'ai failli vous éliminer de ma liste de suspects, car je ne pouvais pas croire que votre réaction soit à ce point de la frime. Et d'ailleurs cela n'en était pas. Vous ne saviez vraiment rien, n'est-ce pas ?

– Bien sûr que non.

Huysendahl bomba le torse et ajouta :

– Et cela me semble être une preuve suffisante que je n'ai rien à voir avec sa disparition.

– Non, cela signifie seulement que vous n'étiez pas encore au courant. Vous étiez stupéfait d'apprendre primo que la Toupie était mort et deuxio que cette histoire n'était pas finie pour autant. Non seulement je possédais les photos, mais j'étais également au courant de ce qui vous liait à Jablon, et pouvais donc vous soupçonner d'être responsable de sa mort. Evidemment, vous aviez de quoi être secoué.

– Ce sont des affirmations sans preuve. Vous pouvez toujours dire que j'ai engagé quelqu'un pour le tuer. Ce n'est pas le cas, je peux vous le jurer, même si je n'ai pas non plus de moyen de le prouver. Cela dit, ce n'est pas à moi qu'il incombe de justifier ce que j'avance, n'est-ce pas ?

– Non.

– Vous pouvez m'accuser de ce que vous voulez, mais vous ne possédez pas le commencement d'une preuve. Je me trompe ?

– Non.

– Alors peut-être allez-vous me dire pourquoi vous avez insisté pour venir cet après-midi, monsieur Scudder.

– Je n'ai pas de preuves. C'est vrai. Mais j'ai quelque chose d'autre, monsieur Huysendahl.

– Ah ?

– J'ai ces photos.

Il en resta bouche bée. Puis il dit :

– Vous m'avez affirmé…

– Que je les avais brûlées.

– Oui.

– J'en avais l'intention. Il était plus simple de vous dire que c'était déjà fait. J'ai été très occupé depuis, et je n'ai pas eu l'occasion de le faire. Et puis, ce matin j'ai découvert que l'homme au couteau n'avait pas tué la Toupie. J'ai alors passé au crible certaines informations que je possédais déjà, et j'en ai déduit que ça devait être vous. J'avais donc bien fait de ne pas détruire ces documents, n'est-ce pas ?

Il se leva lentement.

– Je crois que je vais me servir à boire, dit-il.

190

– Ne vous gênez pas.

– Vous voulez m'accompagner ?

– Non.

Il mit quelques glaçons dans un grand verre, se versa du Scotch et ajouta de l'eau gazeuse à l'aide d'un siphon. Il prit son temps pour élaborer le mélange, puis il s'approcha de la cheminée et s'appuya du coude sur le manteau de chêne poli. Il but à petites gorgées avant de se retourner vers moi pour m'observer à nouveau.

– Alors, nous voilà revenus au point de départ, dit-il. Vous avez décidé de me faire chanter.

– Non.

– Pour quelle autre raison auriez-vous choisi de ne pas brûler les photos ?

– Parce que c'est le seul moyen de pression dont je dispose contre vous.

– Que comptez-vous en faire ?

– Rien.

– Mais…

– C'est vous qui allez agir, monsieur Huysendahl.

– Qu'attendez-vous de moi ?

– Vous allez tirer un trait sur votre candidature au poste de gouverneur.

Il me regarda droit dans les yeux. Je n'avais pas envie de soutenir son regard, mais je me forçai à le faire. Il n'y avait plus trace d'affectation sur son visage, et je pus y lire un intense effort de réflexion, jusqu'à ce qu'il se rende à l'évidence : il n'y avait aucune issue.

– Vous avez bien réfléchi, Scudder ?

– Oui.

– Vous avez fait le tour de la question, j'imagine ?

– Absolument.

– Et vous ne voulez rien pour vous, n'est-ce pas ?

Ni argent ni pouvoir, rien de ce que la plupart des gens désirent ? Ça ne changerait sans doute rien si j'envoyais un autre chèque à Boys Town ?

— Non.

Il hocha la tête et se gratta le menton du bout du doigt.

— Je ne sais pas qui a tué Jablon.

— Ça ne m'étonne pas.

— Je n'ai pas donné d'ordres dans ce sens.

— C'est quand même vous qui en êtes à l'origine. D'une façon ou d'une autre. Vous êtes en haut de la pyramide.

— Sans doute. J'aurais préféré que ça se passe autrement, reprit-il. Quand vous m'avez dit l'autre jour que vous aviez découvert qui avait tué Jablon, ce fut pour moi un immense soulagement. Non pas que j'aie jamais pensé que ce meurtre pouvait m'être attribué, ni que l'on risquait de remonter jusqu'à moi. Mais parce que je ne savais sincèrement pas si j'étais d'une quelconque façon responsable de sa mort.

— Vous n'en avez pas directement donné l'ordre.

— Non, bien sûr que non. Je ne voulais pas qu'on le tue.

— Mais quelqu'un dans votre organisation…

Il poussa un profond soupir.

— Il semblerait que quelqu'un ait décidé de prendre cette affaire en main. J'ai… j'ai confié à certaines personnes que j'étais victime d'un chantage. Il leur a semblé possible de récupérer les preuves sans céder aux exigences de Jablon. Et, plus important encore, ils ont estimé qu'il fallait aussi trouver le moyen de s'assurer de son silence définitif. Le problème, avec les maîtres-chanteurs, c'est qu'on n'a jamais fini de payer. C'est un cycle infernal, où la victime est impuissante.

– Quelqu'un a donc cherché à lui faire peur.

– Il semble bien que ce soit le cas.

– Et puis, voyant que ça ne marchait pas, ce quelqu'un a engagé quelqu'un d'autre pour le tuer.

– J'imagine. Vous ne pouvez pas le prouver. Ce qui
devrait vous importer davantage, c'est que moi non
plus je ne peux pas le prouver.

– Mais vous avez toujours su que c'était bien ce qui
s'était passé, n'est-ce pas ? C'est pour ça que vous
m'avez prévenu que je ne serais payé qu'une seule
fois. Que si j'essayais de nouveau de vous réclamer de
l'argent, vous feriez en sorte qu'on me tue.

– J'ai vraiment dit ça ?

– Je pense que vous vous en souvenez, monsieur
Huysendahl. Sur le moment, j'aurais dû en mesurer
toute la portée. Vous pensiez que le meurtre était une
arme dont vous disposiez parmi d'autres dans votre
arsenal. Parce que vous en aviez déjà fait usage.

– A aucun moment je n'ai souhaité la mort de
Jablon.

Je me levai.

– L'autre jour, j'ai lu quelque chose sur Thomas
Becket, dis-je. Il était très lié à un roi d'Angleterre.
Un des Henry, Henry II, je crois.

– Je crois que je vois le lien.

– Vous connaissez l'histoire ? Quand il est devenu
archevêque de Canterbury, il a cessé d'être l'ami de
Henry et a décidé d'agir selon sa conscience. Ça a
choqué le roi, qui a fait savoir à certains de ses vas-
saux ce qu'il en pensait. Oh, que quelqu'un me débarrasse de ce prêtre rebelle ! s'est-il exclamé.

– Mais il n'a jamais ordonné le meurtre de Thomas.

– En effet, reconnus-je. Mais ses subordonnés ont
compris que Henry avait lancé un arrêt de mort contre
lui, bien qu'il n'ait pas entendu les choses de cette

manière : il pensait simplement à voix haute et fut profondément affecté par l'annonce de la mort de Becket. Ou du moins il prétendit l'être. Il n'est plus là pour qu'on le lui demande.

— Et vous partez du principe que Henry était responsable.

— Je dis que je ne voterais pas pour lui, s'il voulait devenir gouverneur de l'Etat de New York.

Il finit son verre. Il le reposa sur le bar, se rassit dans son fauteuil et croisa les jambes. Puis il dit :

— Si je me présente aux élections…

— Tous les journaux qui comptent dans cet Etat recevront un jeu complet de ces photos. D'ici là, elles resteront où elles sont.

— C'est-à-dire ?

— Dans un endroit parfaitement sûr.

— Et je ne peux pas vous proposer d'autre solution ?

— Non.

— Aucune alternative ?

— Aucune.

— Je pourrais trouver qui est responsable de la mort de Jablon.

— Je n'en suis pas sûr. A quoi cela servirait-il ? C'est certainement un professionnel, et rien ne permettrait d'établir un lien quelconque entre lui et vous ou même Jablon, et encore moins de lui coller un procès. N'oubliez pas que vous ne pourriez rien faire sans vous mettre vous-même en danger.

— Vous rendez les choses extrêmement problématiques, Scudder.

— C'est pourtant très simple. Vous n'avez qu'à faire une croix sur vos ambitions politiques.

— Je ferais un excellent gouverneur. Vous qui appréciez les correspondances historiques, vous devriez étudier l'histoire de Henry II un peu plus attentivement. On le considère comme l'un des meilleurs monarques que l'Angleterre ait connus.

– J'ignorais.

– C'est pourtant le cas.

Huysendahl me raconta certaines choses concernant le roi Henry. Il avait l'air de bien connaître son sujet. En d'autres circonstances, cela aurait pu m'intéresser. Je ne l'écoutai pas vraiment. Puis il voulut me donner d'autres raisons prouvant qu'il ferait un excellent gouverneur, et me répéta ce qu'il accomplirait pour le bien de la population.

Je l'interrompis :

– Vous avez beaucoup de projets, mais ça ne veut rien dire. Vous ne feriez pas un bon gouverneur. D'abord, vous ne serez pas gouverneur du tout, parce que je ne vais pas vous laisser faire, et vous n'en feriez pas un bon de toute façon, parce que vous êtes prêt à vous entourer de collaborateurs qui ont recours au meurtre. Ça suffit à vous disqualifier.

– Je pourrais me séparer d'eux.

– Je n'aurais aucun moyen de m'en assurer. Et puis vous savez bien que ce ne sont pas les individus qui comptent.

– Je vois. (Huysendahl soupira de nouveau.) Vous savez, reprit-il, Jablon n'était pas un homme, un vrai. Je ne cherche pas à justifier son meurtre en disant cela. C'était un escroc minable et un maître-chanteur mesquin. Il a commencé par me prendre au piège d'une faiblesse personnelle, et puis il a voulu me saigner.

– Un homme digne de ce nom ne devrait pas agir de cette façon, acquiesçai-je.

– Et pourtant vous attachez beaucoup d'importance à sa mort.

– Je n'excuse pas le meurtre.

– Vous pensez donc que la vie humaine est sacrée.

– Je ne suis pas certain de croire en quoi que ce soit de sacré. C'est une question difficile. J'ai tué des gens. Il y a quelques jours, j'ai tué un homme. Peu de temps auparavant, j'ai contribué à la mort d'un autre. Ce n'était pas délibéré, mais je ne me suis pas senti mieux pour autant. Je ne sais pas si la vie humaine est sacrée. Je ne supporte pas le meurtre, c'est tout. Et vous, vous pourriez vous en sortir, malgré le meurtre de Jablon, et comme ça me choque, je vais faire quelque chose. Je ne veux pas vous tuer, je ne veux pas vous dénoncer, ni rien de ce genre. Je suis fatigué de jouer le rôle d'avatar incompétent de Dieu. Je vais seulement vous empêcher d'aller occuper le fauteuil de gouverneur à Albany.

– Et ça, ce ne serait pas une façon de jouer le rôle de Dieu ?

– Je ne crois pas.

– Vous dites que la vie est sacrée. Pas en ces termes, mais vous semblez être de cet avis. Qu'en est-il de mon existence, monsieur Scudder ? Depuis des années une seule chose m'importe, et vous prétendez que je n'y ai pas droit.

Je parcourais le salon du regard. Les portraits, les meubles, le bar.

– Il me semble que la vie vous a gâté, dis-je.

– Ce ne sont que des objets. J'en ai les moyens.

– Alors, profitez-en.

– Il n'y a aucune façon de vous acheter ? Vous êtes à ce point incorruptible ?

– Je suis probablement corrompu, selon la plupart des définitions. Mais vous ne m'achèterez pas, monsieur Huysendahl.

J'attendis qu'il réponde quelque chose. Quelques minutes passèrent, mais il restait immobile, silencieux, le regard perdu dans le vague. Personne ne me reconduisit à la porte.

20

Cette fois-ci, j'arrivai à Saint-Paul avant la ferme-
ture. Je glissai dans le tronc des pauvres un dixième
de ce que j'avais pris à Lundgren. J'allumai quelques
cierges en mémoire de certains morts dont les noms
m'occupaient l'esprit. Je passai un moment, assis sur
un banc, à observer les gens qui passaient à tour de
rôle dans le confessionnal. Je me dis que j'aurais bien
été les rejoindre, si l'envie de le faire avait été un peu
plus forte.

De l'autre côté de la rue, à l'Armstrong's, je me fis
servir des saucisses avec des haricots, avant de passer
au bourbon avec mon café. Toute cette histoire était
finie, cette fois-ci pour de bon, et je pouvais me
remettre à boire comme à mon habitude, sans jamais
vraiment me saouler, ni rester complètement sobre
non plus. De temps à autre, je saluais quelqu'un de la
tête, et parfois on me rendait mon salut. Nous étions
samedi, jour de congé pour Trina, mais Larry savait
tout aussi bien qu'elle me resservir à boire dès que
mon verre était vide.

Je passai le temps sans penser à rien, mais parfois je
me surprenais à me remémorer ce qui était arrivé
depuis le jour où la Toupie était entré dans cet endroit
et m'avait remis son enveloppe. J'aurais sans doute pu
trouver de meilleurs moyens de régler l'affaire. Si je

m'y étais intéressé dès le début, j'aurais peut-être même pu sauver la vie de Jablon. Mais tout ça, c'était du passé, et il me restait encore de l'argent qu'il m'avait donné, après en avoir distribué à Anita, aux églises et à un certain nombre de patrons de bars. A présent je pouvais enfin prendre du repos.

– La place est prise ?

Je n'avais même pas remarqué qu'elle était entrée. Je levai les yeux pour constater que c'était bien elle. Elle s'assit en face de moi, tira de son sac un paquet de cigarettes, l'agita pour en faire sortir une et l'alluma.

– Vous vous êtes enfin décidée à porter votre tailleur blanc, lui dis-je.

– Pour que vous puissiez me reconnaître. On peut dire que vous avez réussi à mettre ma vie sens dessus dessous, Matt !

– On dirait, oui. J'ai cru comprendre qu'ils n'allaient pas engager de poursuites contre vous, c'est exact ?

– Mis à part me poursuivre de leurs assiduités, je ne vois pas quelle raison ils auraient de le faire. Johnny ne connaissait même pas l'existence de la Toupie. J'ai les pieds en compote...

– Vous avez mal ?

– Façon de parler : je viens de me débarrasser du pire casse-pieds que je connaisse. Ceci dit, j'ai été obligée de payer cher pour me défaire de lui.

– Votre mari ?

Elle hocha la tête.

– Il n'a pas hésité à me dire que j'étais un luxe dont il entendait dorénavant se passer. Il va engager une procédure de divorce. Je n'aurai pas droit à une pension alimentaire, parce que si je faisais des histoires, je ne serais pas étonnée qu'il m'en cause dix fois plus.

Et puis j'ai déjà supporté assez de saletés de la part des journaux.

– Je n'ai pas vraiment suivi l'actualité.

– Vous avez manqué de jolies choses.

Elle tira sur sa cigarette, souffla un nuage de fumée et ajouta :

– Vous choisissez des endroits drôlement chics pour venir picoler. J'ai appelé votre hôtel, mais je ne vous y ai pas trouvé, alors j'ai essayé le Polly's Cage, et c'est eux qui m'ont dit que vous étiez un habitué de l'Armstrong's. Je me demande bien pourquoi.

– Il me convient très bien.

Elle pencha la tête de côté pour m'observer.

– Vous savez quoi ? Cet endroit vous va comme un gant. Vous m'offrez un verre ?

– Ce que vous voudrez.

Je fis signe à Larry, elle commanda un verre de vin.

– Ce ne sera sans doute pas exceptionnel, dit-elle, mais ce n'est pas comme les cocktails, au moins le barman ne peut pas le rater.

Quand elle fut servie, elle leva son verre, et je fis de même avec ma tasse.

– Aux lendemains qui chantent, dit-elle.

– Aux lendemains qui chantent.

– Je ne voulais pas qu'il vous tue, Matt.

– Moi non plus.

– Je suis sérieuse. Tout ce que je désirais, c'était gagner du temps. J'aurais bien trouvé le moyen de m'en sortir toute seule. D'ailleurs, je n'ai jamais appelé Johnny, vous savez. Comment aurais-je su où le joindre ? Il m'a téléphoné à sa sortie de prison. Il voulait que je lui envoie un mandat. Ça lui arrivait parfois, quand il était à sec. Je me sentais coupable d'avoir témoigné contre lui, même si c'était lui qui avait monté l'affaire. Mais quand nous nous sommes parlé au téléphone, je n'ai pas pu m'empêcher de lui dire que j'avais des ennuis, et j'ai commis là une grossière erreur. Depuis, il m'a causé beaucoup plus de problèmes que ceux que j'avais déjà.

– Qu'est-ce qui lui donne prise sur vous ?

– Je ne sais pas. Il en a toujours été ainsi.

– C'est vous qui avez fait les présentations, le soir où je vous ai vue au Polly's.

– Il voulait voir à quoi vous ressembliez.

– Il a été servi. Après, je vous ai appelée le mercredi pour fixer un rendez-vous. C'est quand même drôle, je voulais vous dire que vous ne faisiez plus partie des suspects et que je vous fichais la paix. Je croyais avoir trouvé qui était l'assassin, et je devais vous annoncer que j'arrêtais pour de bon de jouer au maître-chanteur. Au lieu de ça, vous avez reporté notre entrevue d'un jour et vous m'avez envoyé votre tueur.

– Il était censé vous parler. Pour vous faire peur et gagner du temps, pas plus.

– Ce n'était pas comme ça qu'il voyait les choses. Vous auriez pu penser qu'il allait agir comme il l'a fait.

Elle hésita un moment, puis elle baissa les épaules.

– Je savais que ça risquait de se produire. Il était… Il y avait une telle cruauté en lui.

Tout à coup le visage de Beverly Ethridge s'illumina, et quelque chose dansa dans son regard :

– Vous m'avez peut-être rendu service, dit-elle. Il vaut sans doute mieux pour moi qu'il soit sorti de ma vie.

– Je ne vous le fais pas dire.

– Comment ça ?

– Il avait une bonne raison de souhaiter ma mort. C'est juste une supposition, mais j'aime bien fonctionner de cette manière. Vous cherchiez simplement à gagner du temps jusqu'à ce que vous ayez reçu votre argent, à savoir au moment où Kermit aurait empoché le principal de son héritage. Mais Lundgren ne pouvait à aucun moment admettre ma présence dans les parages. Parce qu'il avait de grands projets pour vous...

– De quoi parlez-vous ?

– Vous ne devinez pas ? Lundgren a dû vous dire qu'il souhaitait vous voir divorcer de Kermit Ethridge, dès qu'il aurait gagné assez d'argent pour être peinard.

– Comment le savez-vous ?

– Je vous l'ai dit : une simple supposition. Mais je doute qu'il ait vraiment eu ça en tête. En fait, il voulait tout. Il aurait attendu que votre mari récupère son héritage, et puis il aurait pris le temps nécessaire, et un beau matin vous seriez devenue une veuve richissime.

– Mon Dieu !

– Vous vous seriez remariée et vous auriez porté le nom de Beverly Lundgren. Combien de temps croyez-vous qu'il aurait attendu avant d'inscrire une autre entaille sur le manche de son couteau ?

– Non.

– Evidemment, ce n'est qu'une supposition.

– Non !

Elle frissonna, perdit d'un coup toute contenance et se mit à ressembler à la petite fille qu'elle avait cessé d'être depuis longtemps.

– C'est certainement comme ça qu'il aurait procédé, dit-elle. Ce n'est pas une supposition, c'est une certitude. C'est exactement comme ça qu'il aurait agi.

– Un autre verre de vin ?

– Non. (Elle mit sa main sur la mienne.) Et moi qui allais me mettre en colère parce que vous aviez ruiné mon existence ! dit-elle. Alors que ce n'est sans doute pas le cas. Vous m'avez peut-être sauvé la vie.

– Aucun moyen de s'en assurer.

– Non.

Elle écrasa sa cigarette et dit :

– Et maintenant, qu'est-ce que je suis censée faire ? Je commençais juste à m'habituer à cette existence d'oisive, Matt. Je pensais pourtant avoir joué le coup avec une certaine finesse…

– Certainement.

– Et maintenant, me voilà réduite à trouver un moyen de gagner ma vie.

– Je vous fait confiance, Beverly.

Ses yeux se posèrent sur moi.

– Vous savez que c'est la première fois que vous m'appelez par mon prénom ?

– Je sais.

Nous passâmes quelques instants assis à nous regarder. Elle prit une cigarette, changea d'avis et la rangea dans le paquet.

– Eh bien, ça alors ! dit-elle. (Je ne pipai mot.) Et je croyais que je ne vous faisais aucun effet ! Je commençais à me demander si j'avais perdu tout pouvoir de séduction. Où est-ce qu'on pourrait aller ? Je ne crois pas que ma maison m'appartienne encore…

– Il y a toujours mon hôtel.

– Avec vous, je me retrouve toujours dans des endroits chics…

Elle se leva, prit son sac et ajouta :

– Alors, allons-y tout de suite, d'accord ?

Haute voltige
Gallimard, 1968

Faites sauter la Reine !
Gallimard, 1969

Sacrés lascars !
Gallimard, 1970

Le Monte-en-l'air dans le placard
Gallimard, 1979

Vol et volupté
Gallimard, 1981

L'Aquarium aux sirènes
Gallimard, 1984

Meurtres à l'amiable
Gallimard, 1984

Le Voleur insomniaque
Gallimard, 1984

Des fois, ça mord
Gallimard, 1985

Ya qu'à se baisser
Gallimard, 1985

Beau doublé pour Tanner
Gallimard, 1986

Le Blues des alcoolos
Gallimard, 1987

Huit millions de façons de mourir
Gallimard, 1989

Drôles de coups de canif
Gallimard, 1990

Un ticket pour la morgue
Gallimard, 1992

Une danse aux abattoirs
Gallimard, 1993

Meurtre à cinq mains
en coll. avec Sarah Caudwell,
Tony Hillerman, Jack Hitt,
Peter Lovesey, Donald E. Westlake
Seuil, 1993
et « Points » n° P108

La Balade entre les tombes
Seuil, 1994
et « Points », n° P105

Le diable t'attend
Seuil, 1995
et « Points », n° P282

Tous les hommes morts
Seuil, 1996
et « Points », n° P390

RÉALISATION : PAO ÉDITIONS DU SEUIL
IMPRESSION : BUSSIÈRE CAMEDAN IMPRIMERIES À SAINT-AMAND (CHER)
DÉPÔT LÉGAL : OCTOBRE 1997. N° 32681 (1/2523)

Collection Points